新潮文庫

妄想銀行

星新一著

2452

目次

妄想銀行

保　証

昼ちかい時刻。せまく殺風景なアパートの一室で、その青年はぼんやりと目をさました。目をさましたといっても、彼にとってはたいして意味はない。閉じていた目を開いたというだけのことなのだ。

その青年は二十七歳ぐらい。必要にせまられるか気がむくかすると職につき、やがてお払い箱になる。これのくりかえしだった。野心も向上心もないかわり、勤労意欲や責任感のほうもあまりない。有用な人物とはいえなかった。

職を失うと、そのうち部屋代がとどこおり、食うにも困ってくる。やむをえなくなると職をさがすということのくりかえし。しかし、いまはお払い箱になって二カ月ほど。まだ、そうあたふたしないですむ。したがって、目がさめたからといって、べつにすることもないのだった。

青年はドアにはさまれている新聞を取ってきて、ふたたび寝そべり、ページを開きかけた。あいだから宣伝ビラが落ち、彼はそのほうを手に取った。こんな調子の生活において、政治や外交、経済や天候がどうあろうと、なんということはない。寝そべって読むには、ビラのほうが軽いだけいいというものだ。

なかなかきれいな印刷で、家具やカメラや洋服などの写真がのっている。月賦《げっぷ》販売専門の店の広告だった。誠意あふるる、こんな文句も書いてある。

〈お客さまをご信用し、現物はすぐにお届けいたします。お支払いについては、いくらでもご相談に応じます〉

普通の人ならなんとも感じないで、丸めて捨ててしまうところだろう。だが、彼はあきることなく写真を眺め、文句を読みかえした。

青年は暗示にかかったように立ち上がり、ビラを片手に部屋を出た。そして、近所の赤電話でその番号をまわした。相手はすぐに出た。

「いらっしゃいませ。ご注文はなんでございましょうか」

気のきいた応対の言葉を使うなと感心しながら、青年はおもむろに言った。

「じつは、クーラーがほしいと思ってね」

「けっこうでございますな。よろしければカタログを持参し、ご説明にあがります。おすまいはどちらでございましょう」

青年が教えると、三十分以内に参上するという。彼は部屋にもどり、かたくなったパンをぼそぼそと食べた。

　やがて、ドアのそとで男の声がした。

「さきほどお電話をいただきました、月賦販売の店の者でございます……」

「さあ、どうぞ」

　青年が答えると、男が入ってきて頭をさげた。口調ばかりでなく、動作も礼儀正しい。ちょっと女性的でさえある。身だしなみもよく、客に悪印象を与えまいとする訓練も身についていた。入るなり内部を見まわすとか、軽蔑《けいべつ》の表情を浮かべるといった失礼なことはせず、にこやかな態度をくずさない。

「お忙しいところを、おじゃまいたしまして……」

「景気はどうだね」

「おかげさまで、この地区にも支店を出せるまでになりました。ところで、クーラーをお求めくださるとか……」

「買うかどうかは、説明を聞いてからだ」

「ごもっともです。では……」

　と、男はカバンからカタログを出し、それぞれの製品の特徴を要領よく話した。

「……このお部屋でしたら、この品がよろしいかと存じます」

「うむ。悪くはなさそうだな。で、売ってもらえるのか」

と、青年は少しどぎまぎした。

「なんということをおっしゃいます。お客さまあっての商売でございます。ぜひ、ご用命のほどを……」

「しかし、その支払いのほうなのだが……」

「そんなご心配はなさらぬよう。お心が動いたとき、すぐにお買いあげいただく。そして、お支払いのほうは無理のないようご相談する。これが販売のこつでございます。かくして産業は伸び、生活は向上し……」

「それはそうだろうが……」

青年はためらった声を出した。だが、男は身を乗り出してすすめた。

「二十カ月の分割でけっこうでございます。なんでしたら、現物はすぐにお届けし、お支払いは来月からでもよろしゅうございます」

「なに、いますぐだと」

「正確に申しあげれば、ご契約から三十分以内にとなります。お客さま本位のサービスが当社の看板でございます」

男は契約用紙を出した。青年はまだ決心がつかず、首をかしげた。

「しかし、いい保証人がいない」

「なければないで、けっこうでございます。お客さまをご信用申しあげるのが、当社の……」

「それで、よくやってゆけるな」

「繁栄は信頼の上に築かれるものでございましょう。もっとも、支払い期間中は保険がつけてございます。だからといって、不心得をなさっては困りますが」

「で、ここへ署名し、印を押せばいいのか」

青年はすすめられるまま、それに従った。やってみて損はない。おそらく、相手は大至急で信用調査をやるのだろう。その結果、品物を届けてこないかもしれない。それならそれで、もともとだ。届けて来たら、こっちを信用した相手の責任というものだ。

相手は商売人だから、損することはないのだろう。支払い不能におちいったら、すぐに現物を引きあげる。火災や盗難の事故は、保険でカバーするわけなのだろう。

男は帰り、青年は半信半疑で待っていた。やがて、約束どおりクーラーが配達されてきた。家具もなにもない殺風景な部屋のなかで、すがすがしい空気が流れはじめた。

一カ月がたった。先日の男がやってきて、また礼儀正しくあいさつをした。

「まいどありがとうございます。第一回の集金に参上いたしました」

「これはこれは。しかし、ごらんの通りなのだ」

と、青年はあごであたりを示した。クーラーはもはやない。しかし、男はていねいな口調で言った。

「はあ、どうかなさいましたか」

「クーラーがないだろう。アパートの管理人に持っていかれてしまった。たまった部屋代をさいそくに来て、これを見て怒りやがった。部屋代をためておきながら、こんな涼しい顔をして、と。面白いじゃないか」

だが、男は笑わなかった。

「はあ、面白いしゃれでございますな」

「という次第だ。代金は管理人のほうから取り立ててくれ」

「そうはいきません。こちらさまを信用し、ご契約いたしたのでございます。困りましたな」

「しかし、どうにもしようがない。そのへんにある物を、なんでもいいから持っていってくれ」

「しかし、代金は現金でいただくことになっておりますので……」

男は弱り、それにつれて、青年は元気になってきた。

「といっても、ないものは払えない。そうけちくさいことを言わなくてもいいだろう。クーラーの一つぐらい、そっちの営業からみれば、たいした損失でもないだろう」

「そんな無茶な。当店が繁栄しているのは、みなさまが、必ずお支払いくださっているからでございます」

「それはますますけっこうだ。だったら、ひとりぐらいどうでもいいだろう。第一、そっちが勝手に信用したのだ。こっちは知らん……」

「そんなこと、おっしゃらずに」

と、相手は泣かんばかりになった。青年はふと思いついて言った。

「そうだ。支払い期間中は保険がついているとか言っていたじゃないか。それを活用すればいいだろう。盗難でもなんでもいいから、適当に処理すればいいはずだ。保険会社がなんとかしてくれるのだろう」

「それはそうでございますが。当社としては万一の場合にそなえてのことで、そんなことをしたくはございません」

「これが、その、万一の場合だ。なにしろ、おれは無一文なんだ。ほかにしようがあるまい。こっちも手伝うよ。保険を活用すべきだ。お気の毒だが……」

「まったく、お気の毒でございます。では、いたしかたございません」

男はやにわに青年に飛びつき、口にハンケチを押しこみ、手足をしばりあげた。なれた手つきであり、青年は油断していた。たちまち床の上にころがされ、のどの奥でかすかにうなるだけ。男はそれを見おろしながら言った。

「盗難にあった証拠写真をとるのかとお聞きになりたいのでしょう。ちがいます。もっとひどいことでございます」

「う……」

「おれをいじめても回収に役立たない、働かせて、少しでもとるほうが賢明だ、とおっしゃりたいのでしょう。しかし、このほうが迅速確実なのでございます。保険で処理するにはやむをえません」

「う……」

「なんの保険だとお聞きになりたいのでしょう。お教えいたします。生命保険でございます。契約書により、当社が掛け金を払い、受取人になっております」

「う……」

「そんなことはすぐ発覚する、とおっしゃりたいのでしょう。しかし、クーラー代ぐらいのわずかな金額では、だれも疑いはしないでしょう。それに、当社の社員はみな、事故死をよそおわせて殺す技術を身につけております。今回はまことに残念な結果になりました。もし、うまれかわってまたお会いすることにでもなりましたら、これにこりず、またごひいきに……」

大黒さま

元日の夜。エヌ氏がうつらうつらしていると、だれかが訪れてくるけはいがした。

「どなたですか」

と身をおこすと、大黒さまだった。どことなく神々《こうごう》しく、じつに福々しい顔をしている。また、肩には大きな袋をしょっている。しかし、念のために聞いてみることにした。

「もしかしたら、大黒さまではございませんか」

「そうだ。おまえに福を授けにきたのだ」

本物にまちがいないようだ。エヌ氏は大声をあげた。

「ほんとですか」

「もちろんだ。わたしの力で幸福になった者は、数えきれない」

「しめた。ばんざい。では、すぐに……」

エヌ氏は飛びあがり、手を出した。そのようすを見ながら、大黒は言った。

「どうやら、おまえはあわて者の性格のようだな。それを取り除けば……」

「これがあわてずにいられますか。さて、なにをいただくとするか。このチャンスをのがさず……」

頭のなかで、エヌ氏は巨額な数字を並べはじめた。

「おまえは欲ばりなところがあるな。それを取り除けば……」

「なんと言われようが、かまうものですか。そうだ。その袋のなかのものをみんな下さい」

エヌ氏は目を輝かせて指さした。大黒は困ったような顔をした。

「おまえには変なものに目をつける性格があるな。それを取り除けば……」

「さっきから、取り除くことばかり言っている。そんなことは、精神分析医にでも任せておけばいい。さあ、下さい」

「これだけはやれない。どうも、おまえには強引で無茶なところがあるぞ」

「それを取り除けばというんでしょう。いらいらしてきた。こうなったら、腕ずくでもちょうだいする」

「まて、やめろ」

大黒はさえぎったが、エヌ氏はすばやく飛びつき、奪ってしまった。そして、袋の口を開き、のぞきこんだ。なんともいえぬ、いやな気分がたちのぼってきた。エヌ氏は顔をしかめながら聞いた。

「なんです、これは」

「そもそも福とは、その障害になっているものを取り除けば、簡単に手にはいる。すなわち福を与える結果になり、それがわたしの役目だ。ほうぼうで集めてきたのが、袋にいっぱいはいっていた。それをあけて吸い込むとは、おまえはなんという……」

あるスパイの物語

品のいい音楽が静かに流れている。ここは最高級のレストラン。エヌ氏はここで、最高級の料理と酒を楽しんでいた。

もちろん、最高級の美しさをそなえた女性とともにである。こんなことのできる職業についている現状に、彼は心から満足し、また感謝していた。

「食事がすんだら、どこかへ踊りにでも出かけましょうか」

「そうねえ……」

会話が進展しかけた時、ボーイがやってきて、エヌ氏に封筒を手渡した。

「これをごらん下さいとのことです」

「ありがとう」

受取ってなかをのぞくと、こう書いてあった。

〈命令あり。至急出頭せよ〉

目を走らせてから、エヌ氏は女に言った。

「困ったことに、急用ができてしまった。お楽しみは、この次まで延期だ」

「残念ねえ……」

彼にしたって、残念なことは同様だ。しかし、職務とあれば仕方ない。世の中に、うまいことずくめの仕事などあるわけがない。

エヌ氏の職業は秘密情報部員。早くいえばスパイである。

熱いシャワーをあび、酔いざましの薬を飲み、服を着かえ、上役の前に出頭した。

「どのような任務でございましょう」

「重要きわまる仕事だ。密使となってR国内に潜入し、そこの同志に、大至急この書類をとどけてもらいたいのだ」

上役は手のひらの上に、小さなマイクロフィルムをのせていた。重大な内容を含んでいるらしく、その手がかすかに震えている。

といっても、R国との間はこのところ平和状態にある。そうむずかしい任務とも思えない。エヌ氏は軽く手を伸ばした。

「お安いご用です。では……」

「待て、途中でなくしたら一大事だ。これは、おまえの皮膚の下に埋めこむことにする」

上役は机の上のベルを押した。白衣を着た医療部員が入ってきて、すばやく手術をすませ、フィルムは彼の腕のなかに埋められた。そこをなでながら、エヌ氏は質問した。

「どのような経路で潜入しましょうか」

「まず、R国の隣の中立国に飛んでくれ。そこに駐在するわが出張員が、偽造の旅券その他を用意して待っている。きみはそこで画商ということになり、目立たぬ形でR国へ入国することになる」

「画商とは面白そうですね。一回はなってみたいと思っていました。ありがたい」

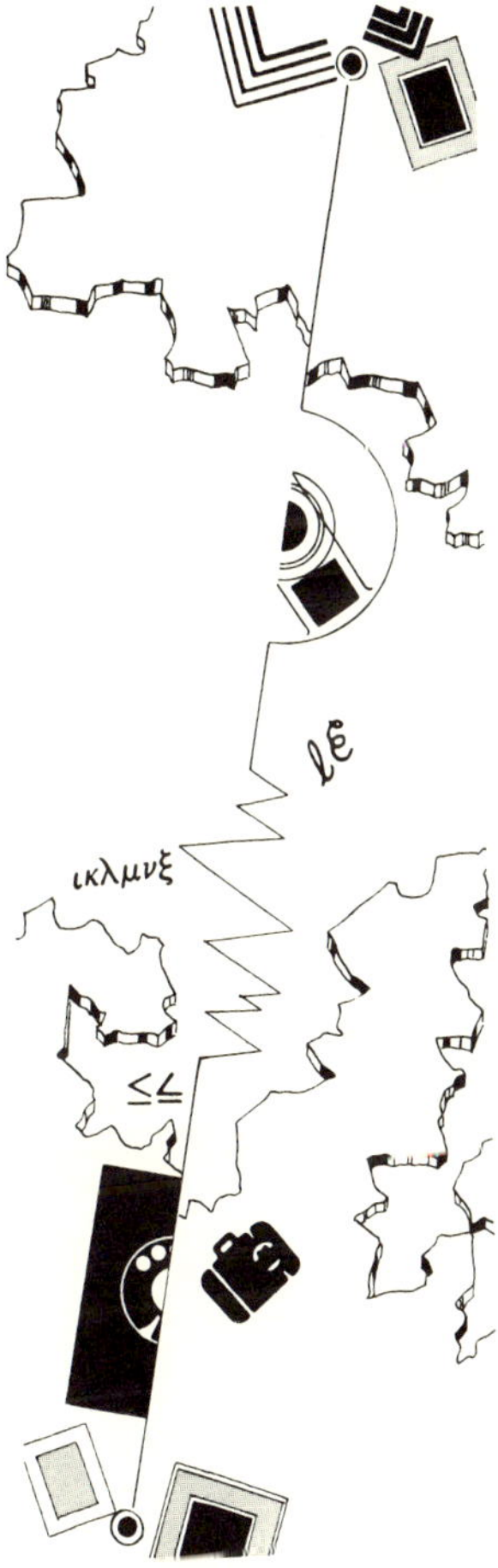

「すぐに入国しては怪しまれる。その中立国に一週間ほど滞在し、のんびりした様子で遊んでからにしてくれ」

「ところで、密書を渡す同志の住所をうかがっておきましょう」

「それは知らなくてもいい。きみがR国の首都のホテルに泊ると、むこうから訪問してくることになっている。こう話しかけるはずだ。気はたしかなんでしょうね、と」

「へんな合言葉ですね。それで、こっちはなんと答えればいいのですか」

「一進一退といったところです、と応ずる。相手はにっこりするはずだ。これを確認してから、その人物に渡してもらいたい」

「簡単な仕事ですね」

「いや、甘く考えては困る。万一やりそこなったら、わが情報組織が壊滅するほどの運命がかかっている。予算は自由に使っていい。しかし、失敗は絶対に許されない」

「わかりました」

エヌ氏は空港へかけつけ、中立国へとむかった。景色のいい、おだやかな国だ。そこで一週間ほど、画商をよそおって暮した。美衣、美食、美酒を楽しみ、例によって美しい女性とも……。

また、何枚かの絵も仕入れた。少しは画商としての仕事もしなければならない。鋭い敵の目が、どこで光っているかわからない。

いつまでも遊んでいたかったが、任務は任務。エヌ氏は腰をあげ、R国へと進路をとった。旅券の出来はすばらしく、国境においても、首都へむかう列車のなかでも、調べられて怪しまれたことは一度もなかった。

かくして、めざすホテルに到着することができた。くつろいでいると、ノックの音がした。同志が訪れてきたのかもしれない。

「どうぞ」

とエヌ氏は応じた。これでまもなく任務完了というものだ。しかし、入ってきたのは、目つきの鋭い数名の男。彼は聞いた。

「どなたです」

「秘密警察の者だ。おまえを連行する」

合言葉を言わないどころか、ぶっきらぼうな口調だ。

「冗談じゃない。わたしはただの画商です。よく荷物をお調べ下さい。通信機のたぐいはもちろん、カメラさえ持っていません」

「いずれにせよ、いっしょに来てもらう。上司からの命令だ。文句があったら、上司に弁明したらいい」

強硬な態度だった。反抗しようにも、敵は大ぜい。しかも、相手国のまっただなかだ。また、同志の住所もわからない。逃走し国外へ脱出するのは、とても不可能だ。エヌ氏は任務の重大さを考え、一応この場は命を大切にすることにした。つまり、相手に従ったのだ。

エヌ氏は秘密警察に収容され、数日にわたって、きびしい取調べを受けた。普通の者なら耐えられない激しさだった。だが、そこは特殊訓練できたえられている情報部員。肉体的にも精神的にも、平然と耐えることができた。むしろ、快い刺激ともいえた。口を割るまでは絶対に殺さないことを、同業の立場から、よく知っているためでもあった。そのうち、相手のほうがねをあげた。

「あとは長官の裁断にまかせよう」

エヌ氏は秘密警察の長官の前に引き出された。いかにも頭の切れそうな、冷酷そうな、目的のためには犠牲を惜しまぬような顔をしている。声もまた同様だった。

「いいかげんで白状したほうが賢明ではないかね」

「たとえ殺されても、知らないことは知らない」

「気はたしかなんだろうな」

「一進一退といったところですよ」

エヌ氏はつい応じてしまった。それに気づいて、相手の顔を見つめた。なんということだろう。長官はにっこりした。さっきまでの冷たさは消え、二重人格ではないかと思えるほどの変りようだった。

「ごくろうさまでした。さあ、持参した書類をお渡し下さい」

エヌ氏は呆然《ぼうぜん》とした。信じられない。あるいは同志が逮捕され、情報がもれたのだろうか。だが、上司の厳命は、合言葉を確認し、その人物に密書を渡せ、であった。渡すべきか、渡さざるべきか。エヌ氏が迷っているのにおかまいなく、長官は部下を呼んだ。入ってきた男は手なれた扱いで、エヌ氏の腕からフィルムを取り出してしまった。

あばれようにも、ここは敵の本部。勝ち目はない。なすがままにまかせていると、驚くべきことがなされた。手術のあとに、かわりのマイクロフィルムが埋められたのだ。

処置が終ったあと、長官は言った。

「帰国したら、これをそちらの上役に渡してくれ」

「しかし、まさか……」

「いいんだ。わたしたちは同志なのだ」

「しかし、いくらなんでも、対立国のスパイの親玉どうしが……」

「そう思うだろう。だが、最近の国際関係は、なごやかになる一方だ。このままほっておくと、どうなると思う」

「世界が平和になるでしょう」

「そうなったら、ことだぜ。大ぜいの軍人、大ぜいの軍需産業関係者、政治家や外交官の大部分が、みな失業して路頭に迷う」

「そういえば、そうかもしれませんね」

「連中のことは、まあどうでもいい。問題はわれわれのことだ。きみは、ほかの職につきたいかね」

それを聞いて、エヌ氏は考えた。現在の気ままな生活。勝手に使える予算。世界旅行。これらに付随する各種の楽しみ。すべてを失って、地味な職につく気など……。

「スパイ以外では、生きてゆけないでしょう」

「そうだろう。わたしだって同じことだ。小さな役所の一員に格下げになり、帳簿の整理を連日やらされる自分を想像すると、気が狂いそうだ。そこで、各国のスパイは職をまもるため、ひそかに連絡をとりあっている。こんどはどこで一触即発の危機を作るか、その打ち合せの情報を交換しあっている。きみはそれを運んできてくれたのだ」

「たしかに、重要な任務でした」

「きみを連日いじめて、口の固いことがわかった。だから、返書もきみに運んでもらうことにしたのだ。たのむぞ」

「わかりました」

「民間人に注意せよ。とくに報道関係者を厳重に警戒するのだ。これが新聞にでもすっぱ抜かれたら、とりかえしがつかない。その寸前に、各国スパイが総力を結集し、関係者をみな殺しにし、その新聞社を爆破しなければならないことになる」

「ご安心下さい。必ずぶじ帰着します」

エヌ氏は緊張し、帰国の途についた。全世界の同業者の生活と生きがいが、この腕にかかっている。また、帰国すれば今まで通りの楽しい日々が待っている。いつまで、この極秘事項がまもられるだろう。しかし、それまでは実際の話、スパイほどすてきな商売はない。

住宅問題

ここは高層アパートのなかの一室。窓からは青空を見あげることもできたし、ちょっとした公園を見下ろすこともできた。室内はひとり暮しでは広すぎるぐらいにゆったりとしていたし、絵こそないが、どの壁も清潔な明るい感じがする。ここがエヌ氏の住居だった。

しかし、エヌ氏はずっと部屋代というものを払ったことがなかった。なにしろ、ただなのだから支払う必要がない。

もっとも、これはエヌ氏に限ったことではなく、この時代の大部分の人がそうだった。有料のアパートに住みたいとは思っても、それにはすごく金がかかり、とても普通の収入の者には無理なのだ。無料のほうでがまんしなければならない。

ドアで鍵《かぎ》をまわす音がした。エヌ氏が一日のつとめを終え、帰宅したのだ。彼がなかに入ってドアをしめると、いままで静まりかえっていた部屋が、声を出して迎えた。

〈お帰りなさいませ。さぞお疲れでございましょう。プーポ印のワインを買ってお帰りでしょうか。ワインはプーポ印に限ります。舌からのどへかけて、すばらしい感触で刺激し、それとともに、夢のような酔心地へとあなたをおさそいいたします……〉

べつに応じる必要もないのだが、エヌ氏は小声で答えた。

「ああ、買ってきたよ」

すると声がつづけた。

〈まいどお買いあげいただき、ありがとうございます。プーポ印をお選びになったあなたは、なんとデリケートな感覚の持ち主なのでございましょう……〉

それからコマーシャル・ソングがしばらく流れ、そのあいまにはプーポ印の他の酒類の説明がつづくのだった。

エヌ氏は居間に入り、ソファーに腰をかけワインを飲みはじめた。プーポ印の酒を飲むと、声の告げるとおりに一日の疲れが消えてゆくような気にもなる。

もうそのころには、壁が明るさをおび、そこにコマーシャル・フィルムが映りはじめていた。静かな音楽とともに、緑したたる果樹園があらわれた。

「うむ、悪くない眺めだな」

エヌ氏はグラスを手にしながら、思わず目を細めた。だが、いつまでも眺めつづけてはいられない。やがて画面は工場の光景に変り、最終的には製品の大写しになる。〈クダモノのかんづめは、キーム社の製品をどうぞ。新鮮な味そのままのかんづめです〉

エヌ氏はべつに目をそらそうともしなかった。どこをむいても同じことなのだ。窓のそとを眺めようとすれば、窓ガラスにも広告の絵や文字が浮かび、リズムに乗って動いている。

この画面や声は絶対に消すことができないのだった。装置は建造物の奥にとりつけられてあって、突こうがたたこうが決して故障しない。また、なんとかこわすのに成功したり、画面の上に黒ペンキをぬったりすると、故障はすぐにアパートの管理人室にわかり、たちまち修理されてしまう。

そして、故意にこわしたことが判明し、それが何度か重なると、立退きを命ぜられてしまう。そうなったら、有料アパートに入るか、浮浪者となって公園のベンチで寝るほかはない。どちらも不可能なことなのだ。

もっとも、エヌ氏ばかりでなく、この生活にはだれしも、なんとか順応している。スポンサー側にはすぐれた心理学者たちが関与しているので、決してどぎつくはならないのだ。あるいは、部屋のどこかに心理反応測定器でもはめこまれてあって、ある限度を越えないようになっているのかもしれない。

巧妙きわまる画面の構成と色彩、心の奥底に忍び込むような音楽、反感を刺激しない洗練された上品なしゃべり方。生かさず殺さずの極致といえた。押しつけの度がすぎて住人の頭をおかしくしてしまっては、スポンサーたちにとっても、もともこもなくなるではないか。

むしろ、急に有料アパートに引っ越したため、一種のノイローゼ症状になり、無料アパートに戻したらすぐになおった者もあるそうだ。これも巧妙に作られた話なのかもしれないが。

エヌ氏はワインを飲み終り、空になったビンを部屋のすみのゴミ捨て穴にほうりこんだ。声が自動的にわきあがった。

〈ご満足いただけましたでしょうか。また明日も、ぜひプーポ印のワインを……〉

だまったままよりも、このようなおあいそを好む人がはるかに多いのだろう。トイレに入ると、そこでも声や画面が待っている。

〈石鹼《せっけん》は……。便通のぐあいは、いかがでございましょう……。新しく作られた回虫検出剤の作用は……。ラーリ製薬では……〉

エヌ氏は夕食をしようと思った。台所に足を入れると、やはり壁が輝き、声が告げた。

〈フロリナ食品の夕食セットは、味もよく、栄養に富み、バラエティもあり……〉

エヌ氏は冷蔵庫をのぞいてつぶやいた。

「まだ三日分ほどあるよ」

声の指示にそむいて他社の夕食セットを買って食べたからといって、怒られたり罰せられたりすることはない。もちろん、個人の自由だ。だが、ただで住居を与えられていることが、心のどこかでやはり重荷になっている。この声を聞きながら他社製のを食べると、良心がとがめるせいか、味がよくないし、消化も悪いような気分だ。また、他社製のにしたところで、本質的にそう差異があるわけではない。それなら、声のすすめる品をすなおに食べていたほうがいいというものだ。

エヌ氏は夕食セットを温め、それを食べた。そのあいだにも、声はしゃべっていた。

〈冷蔵庫のぐあいはいかがでしょうか。冷蔵庫の故障は食中毒の原因になり、とりかえしのつかないことになりかねません。内部の温度調節のようすがおかしいな、とお思いでしたら、すぐに捨てて新しい品をお買いになるほうが、ずっとおとくでございます。その時は……。コーヒーは……。パル・デパートでは新しいデザインの食器を……〉

だれもがそうであるように、エヌ氏もこの生活に特に不満はなかった。しかし、時たま束縛や指示のない空間へ脱出したいとの欲望が頭をもたげてくることがある。だが、それもすぐにおさまるのだった。第一、方法がないではないか。大金があるわけでもなく、浮浪生活の勇気もない。

エヌ氏は食後のタバコに火をつけた。その熱を感じたのか、煙に装置が反応したのか、声がすかさず言った。

〈タバコでしたら……〉

また、

〈電気じかけの安楽椅子《いす》をお求めになったほうがよろしいのでは……。お宅でおくつろぎの服は……〉

声とコマーシャル・ソングのくりかえしを聞きながら、彼は配達されてあった郵便物の整理にとりかかった。たいした手紙はなく、ダイレクト・メールのたぐいだった。封を切り、さっと目を通し、つぎつぎと捨てていった。しかし、そのうち、その手がちょっととまった。

土地分譲の広告で、高原地方の風景が美しく印刷されてあったのだ。

「さぞいいだろうな、こんな土地に別荘を持てたなら……」

エヌ氏はため息をつき、そのまま捨てようとした。しかし、それを中止し目をこすった。印刷のまちがいではないだろうか。その値段が思ったよりはるかに安いのだ。これが本当なら、いままでにためた金で買うことができる。

〈売切れ迫る〉の文句が、決意をうながすように書かれてある。エヌ氏は反射的に電話をかけた。そして、値段が正しいことを知ると、即座に契約を結んでしまった。

これでいい。やっと、だれにもじゃまされることのない、自分だけの空間が持てたのだ。金をはたいてしまったので、建物のほうはすぐに作れない。しかし、いずれ組立て住宅セットを買うぐらいのことはできるだろう。

エヌ氏の心は解放感でいっぱいになった。と同時に、室内に相変らずあふれているコマーシャルの映像と音とが、急にうるさく思えてきた。運命から脱出できると知ったからだろう。彼は酒を飲み、その勢いで眠りについた。何年ぶりかで楽しい夢を見ることができた。

つぎの休日を待ちかね、エヌ氏は自分のものとなった土地を見に出かけた。高速バスを利用し、その高原へとやってきたのだ。

内心ではいくらか不安だった。現地を見ずに契約してしまったことが、軽々しくはなかったかと考えてもいた。しかし、それはたちまち消えてしまった。印刷で見たのと同じ、いや、それ以上の景色だった。初夏という季節のせいだけでもあるまい。

緑の木の林、鳥の声、花にはチョウも舞っている。清い空気はゆっくりと流れ、日光は白金の雨のようだった。エヌ氏は思いきり深呼吸をした。

「ああ、夢のようだ。ここが自分自身の空間なのだ……」

感激はなかなかさめなかった。彼はとびはね、さかだちをし、寝そべった。画像や録音でなく、なにもかも生きている存在なのだ。あの美しくさえずる鳥の声……。

エヌ氏は鳥のさえずりに耳を傾け、ふと顔をしかめた。それはどうも聞き覚えのあるメロディーだった。そして、それがなにかはすぐにわかった。ピーペ電機のコマーシャル・ソングのそれではないか。

首をふり空を見あげると、そこには渡り鳥のむれが飛んでいた。しかし、それはなんとターナ製菓のマークの形をとっている。

そばで羽ばたきがしたので振りむくと、木の枝に鳥がとまっていた。九官鳥のようだった。

〈組立て住宅セットをお求めの時には、ぜひバミラ会社のを〉

鳥は傷ついたレコードのように、くりかえしくりかえしさえずっている。近よって見ると、本物の鳥にはまちがいなかった。おそらく画期的な品種改良に成功したのだろう。やつらにとっては、鳥たちに新しい習性を押しつけることぐらい、やる気になれば困難ではないはずだ。

エヌ氏は目を伏せ、草花を見た。美しく鮮やかな花、生命にあふれた葉。しかし、どことなく見なれぬ花だった。つみとって眺めると、すぐにわかった。花にも葉にも、メーカーのマークが点々と浮き出している。これも品種改良されてしまっているらしい。

チョウの羽も、木の幹の模様も同様だった。あるいは気のせいかもしれないし、この模様を図案化してマークとして宣伝しているのかもしれない。だが、いずれにせよ同じことだ。

エヌ氏はがっかりし、立つ気もなくなった。なんとか気力をとりもどした時には、あたりは夜になっていた。見まわすと、ホタルのむれが光りながら飛びかっていた。しかし、それらは見事にある会社のマークを描いている。林の奥ではフクロウが鳴いていた。それもコマーシャル・ソングのメロディーだった。フクロウばかりでなく、おそらく一晩中ずっと鳴きつづけるのだろうが、池のなかのカエルの声も、虫の声も……。

信念

善良であっては、たいした人生をすごすことができない。べつに目新しい思想とは言えないかもしれないが、ここにひとりの男があり、これが彼の信念だった。

成人するまでのあいだに、いつのまにか彼の心のなかで、この信念が確立してしまっていた。といって、とくに異常な環境で成長したのでも、家庭や友人が悪かったわけでもないから、原因を求めるとしたら、たぶん読書のせいであろう。

古今東西をとわず、歴史物語から実録物や小説に至るまで、いきいきと活躍する主人公たちは、みな、なにかしらよからぬことをしている。兵をひきいて他国を攻めとった古代の君主にしろ、美しい女性との恋にひたる現代の若い実業家にしろ、良心を捨てるという洗礼をへているからこそ、自由な羽ばたきができるのだ。そして、その踏み台や犠牲にされているのは、必ず善良な人間たちということになっている。

こんな状態が許されていいものだろうか。彼もはじめのうちは、こう憤《いきどお》った。だが、現実こそ解答なのだ。いいの悪いのという段階ではない。やがて、憤りは疑問へと変った。これが世の中の真の姿かもしれない、と。さらに妥協から信念へと移ったのだ。どうせやるのなら、善良の束縛を徹底的に払いのけてしまおう、と。

しかし、善人たることを拒否したといっても、彼が悪に熱中しはじめたわけではない。悪をめざしてひたすら突っ走るのは、目的と手段との混同であり、頭のおかしいやつのやることだ。彼の精神状態はあくまで正常であり、また冷静だった。

目的は金なのだ。正確にいえば、人生を楽しく満足感をもってすごしたいという欲望、それを実現するに必要な資金なのだ。それを得るために、良心のささやきのスイッチを切ってしまうことにきめたのだった。

学校を出ると、彼はまともな大きな会社に就職した。なにもふしぎではない。良心は捨てたといっても、すぐさま凶器をひっつかんで強盗を働こうなど、考えもしなかったのだ。いや、考えはしたのだが、検討してみるまでもなかった。強盗ほどばかげた行為はない。スマートでないばかりか、手に入る金額だって知れている。満足できる金額に達するには犯行を重ねなければならず、したがって、つかまる確率だって多くなる。そうなったら、もともこもない。刑務所に入って、なにが楽しい人生だ。

やるからには綿密な計算と準備、それに、機会を最大限に活用することだ。

集金係に配置されたことが、漠然としていた彼の計画を、しだいに結晶させる核となった。持ち逃げという行為は研究に値するもののようだ、と。第一に、簡単であり、他人を殺傷するおそれもない。すなわち、争って自分の血を流す心配もないことになる。

持ち逃げに限る。この方針はきまったものの、すぐ実行に移しはしなかった。いま彼に任されている範囲の金額では、欲望をみたすのに不充分なのだ。まあ、数カ月は遊んで暮せるかもしれない。少し景気よくやればその半分だ。そして、それで終り。もう一回、持ち逃げをやらせてはくれまいし、首をくくるのもいやだ。あまり割りのいいことではない。

まず、信用を築かなければならない。そうすれば、任される金額だって多くなる。それからちょうだいしたほうが賢明ではないか。悪をおこなうにもけっこう忍耐が必要なものだと、彼は悟った。

彼はまじめな勤務ぶりを装《よそお》うことに努めはじめた。他の社員たちのように、上役の目のとどく範囲にいる時だけという、なまぬるいことではだめだ。社の内外を区別せず、全生活をそれで覆《おお》った。上役に対してのみならず、同僚に対しても、取引き先に対しても、近隣をはじめあらゆる人びとに対して、信頼するに足る人物だとの印象を植えつけなければならない。決して楽な日常とはいえないが、きたるべき決行の時のためだった。それによってもたらされる快適な日々のことを空想すれば、耐えがたいどころか、わき出る気力のつきるけはいもなかった。

しかし、すべてが順調に進展していったわけではない。まず、最初の予期しなかった障害が襲いかかってきた。

ある日、いつものごとく集金を終えて会社に戻ってからのことだ。集計をやってみて、彼は青くなった。不足額のあるのに気づいたからだった。計算を何回やりなおしてみても、それは消えない。

どこかでまちがえたにちがいない。だが、興奮しすぎてしまったためか、集金もれがどこかは思い出せなかった。不注意を後悔しても、もはや手おくれ。彼は最善の対策を発見すべく頭を悩ました。

ありのままを報告し、謝罪する方法がある。失敗はだれにでもおこることだ。また、たいした金額でもない。おそらく、それですむことだろう。しかし、彼はためらった。この件は許されるかもしれない。だが、釈然としないものが身のまわりに残り、要注意人物との印象を他に与えないとも限らない。そうなっては困るのだ。

金銭に関係のない部門へ移されてしまう場合も考えられる。それはまぬかれたとしても、疑惑の目がどこかで光っていては、計画の実行にさしつかえる。

迷いに迷ったあげく、彼は名案を思いつき、それに従った。自分の金で不足を補ったのだ。それほど惜しい気もしなかった。この何十倍、いや、何百何千倍もの利益をあげるための投資ではないか。出し渋るほうがどうかしている。

たしかに、それは投資として、予期以上の効果をあげてくれた。やがて、彼は上役から呼ばれ、こう言われたのだ。

「きみの報告書を調べたが、金額の数字に不足はない。その点で、ちょっと聞きたいことがある」

「どういうことでしょう。金額のあっているのがご不審とは……」

彼はいささか声がふるえた。だれにもさとられていないはずの、この極秘の大陰謀を感づかれたのだろうか。上役はその事情を告げた。

「じつは、きみの留守中に取引き先から電話があった。きみが鞄《かばん》に入れ忘れていった金をみつけ、その連絡をしてきたのだ。それなのに金額があっている。不審に思うのもむりはないではないか」

「そうでしたか。わたしの不注意であり責任でもあるので、弁償したのです。無断で勝手なことをしてお許し下さい」

「いや、あやまることはない。つくづく感心したよ。きみは少し抜けているようだが、おそろしく良心的な男だな。ばか正直とでもいうのだろうか」

上役は笑い、彼は短い声をあげた。

「はあ」

「いや、けっして軽蔑《けいべつ》したのではない。そのような人間こそ、金銭を担当する部門には必要なのだ」

想像以上の効果がもたらされたのだ。彼のあげた短い声は、押えきれぬ内心の喜びのあらわれだった。ばか正直というレッテル。持ち逃げへの作戦で、これにまさる武器はないだろう。

その結果、会社での彼の信用は高まり、扱わされる金額も多くなった。世の中のやつらは甘いものだ。彼の内心は笑いであふれたが、もちろん、外見は貴重なレッテルを保持しつづけ、その武器の手入れを怠らなかった。

時たま、いま持ち逃げをしたら、どんな程度の楽しみが味わえるかと空想にひたる。会社が体面を気にして表ざたにしないでくれればいいが、それは計算に入れてはいけない。ほとぼりがさめるまで身をかくす費用、整形によって顔つきを変える費用もいるだろう。それらを引いて、運用することで気楽に人生が送れるだけの資金が残らなくてはならない。あれこれ考えてみると、まだ額が不足だった。決行の時期は、もう少し待ったほうが……。

そんな放心状態の彼を見ると、他人は「のんびりしたやつだな」と、つぶやくのだった。

障害は一回では終らなかった。またも激しく彼を見舞った。人通りの少ない道で、二人組の男に襲われたのだ。相手はすばやく鞄を引ったくれるつもりでいたようだ。しかし、彼にはうまく通用しなかった。

つね日ごろ、こんな危機を警戒するように心がけていたからだ。不慮の災難として弁解できないことはない。だが、狂言強盗との疑念を持つ者だってあるだろう。今後の計画にさしつかえるし、こんな損な役まわりはない。

彼は必死に抵抗した。これはおれの金だ。将来、おれが持ち逃げするための金なのだ。おまえらに渡してたまるものか。

二人組のほうは一瞬ひるんだ。だが、あきらめるどころか、さらに勢いを加えた。この抵抗は大金のためだろう。しかし、二人と一人の争いだ。力ずくで取りあげることは簡単だ。

二つの見解がぶつかりあい、狂ったような闘いが展開された。

やがて、目撃した通行人が知らせたためか、警官がかけつけてきて、すべてを収容した。逃げそこなった二人組と、金の入った鞄と、傷ついて血まみれになった彼とを。しばらく入院をしなければならなかったが、彼は喜びでいっぱいだった。からだは傷ついたが、信用は傷ついていない。無限の未来を開く鍵《かぎ》は、まだ手のなかに残っているのだ。

見舞いに来た会社の人は、口々に彼を賞賛した。身をもって会社の金をまもったのだから。もっとも、なかにはこんなことを口にする者もあった。

「きみはばか正直だよ。あまりに無茶だ。生命の危険をおかしてまで、会社につくす必要はないじゃないか。もっと要領よく立ちまわったほうがいいよ」

心からの忠告であるのは、たしかだった。しかし、彼は笑って受け流し、内心でこうつぶやく。つまらない考え方だ。善人どものの考えることはけちくさく、あさはかだ。おれが計画を決行した時、どんな顔つきをするか眺めてやりたいよ。

退院して出社した彼には、異例の昇進が待っていた。扱える金額も格段にはねあがった。彼はその幸運に身ぶるいするほどだった。だが、それを強く押えつけ、その地位にふさわしくなるよう努めた。

これからは上役のみならず、部下の目をもくらまさなければならない。普通の善人だったら、ねをあげるかもしれない努力だった。部下にはやさしく、締めるべき時には締める。この技巧を完全に使いはたさなければならない。

努力のかいはあった。外見は実直そうだが、なかなかの人物だ。身のまわりに、そういった雰囲気を固定させることに成功したのだ。それは同時に、上役への信頼を増すことにもなった。

彼は緊張をゆるめなかった。内心の計画を少しでも察知されたら、いままでの苦心も水の泡になる。その秘密さえ保っていれば、彼の信用がふえ、任される金額がふえる。すなわち、持ち逃げしうる金額、彼の財産ではないか。

緊張は社にいる時ばかりではない。帰宅してからの時間を、勉強にあてた。

法律。法の網をくぐって逃げるのだから、くわしく知っておいたほうがいい。

経済。持ち逃げした資金を有利に回転するには、経済に無知では損をしてしまう。

外国語と国際情勢。場合によっては国外逃亡をしなければならない。その時、いいかげんな国で、うろうろするようでは意味がない。安全な国で、有利な商売をはじめなければならない。

彼の構想はふくれあがり、かつ精密をきわめていった。それにつれ、持ち逃げすべき資金の額もふえてしまう。仕方なく、会社での地位を高めるために、学んだ知識の一部を提供する。それはむだにはならない。予想どおり、確実な収穫となってかえってくるのだから。

彼は努力しつづけた……。

経済新聞の記者が、彼にむかってこう聞くことがある。

「あなたは今日の地位を、異例のスピードで、しかも正当な手段で獲得なさいました。なにか秘訣《ひけつ》がおありなのでしょう」

「ええ、信念ですよ」

「それを発表していただけませんか。若い人たちへの教訓となるでしょう」

しかし、豪華な椅子《いす》にかけた彼は、口をつぐんで答えようとしない。まさか「善良であっては、たいした人生をすごすことができない」などと、言うわけにはいかないではないか。

半人前

がけは海面からかなりの高さでそびえ立っていた。下では岩に波が砕け、上からのぞくと、目のくらむような感じになる。飛びおりれば、ほとんど助からない。だからこそ、自殺の名所としても有名な場所だった。

エヌ氏はいま、そこへやってきた。といって、死ぬつもりなど少しもない。彼はそんな高級なことを考える人間ではなかった。

エヌ氏はちょっとした土建会社を経営しており、金まわりは悪くない。こぶとりの体格、精力的な顔つき、あまり趣味のよくない服装。それらから判断できるように、いかにも現実的な男だった。

たまたま近くの温泉地へ遊びに来たので、散歩がてらにやってきただけだ。しかし、エヌ氏はふいに足をとめ、つぶやいた。

「や、もしや、あれは……」

がけの上にたたずむ青年を発見したのだ。弱々しいからだつきであり、うしろ姿には異様なほど陰気なかげがただよっている。それがエヌ氏の注意を引きつけた。

「うむ。どことなく死を感じさせる。飛び込もうかどうしようかと、迷っているにちがいない。なんとか思いとどまらせるべきだろう」

エヌ氏はなにげない様子で、足音を忍ばせて近より、飛びかかるようにうしろから抱きしめた。力でかなうわけがなく、青年のほうもあまりさからわなかった。

エヌ氏はがけからはなれた場所へ引きずってきて、おもむろに話しかけた。

「きみのような若い者が、世をはかなんで早まったことをしてはいかん。たしかに、明朗な時代ではなく、社会に絶望したくなる気持ちは、わからないでもないが……」

青年は、不景気で沈みきったような顔つきをしていた。声もまた陰気だった。

「はい。じつは、ぼく、実力不足で仕事がうまくできず、仲間からはいつも半人前とばかにされつづけで……」

ぼそぼそと話しつづける青年を、エヌ氏は手で制した。

「いやいや、そんな身の上話はしなくていい。話して思い出すと、心の傷がさらに深くなる。早く忘れることだ」

「はい……」

「過去を振り切れば、目が開けてくる。世の中には、これでけっこう楽しいことがあるものだよ……」

エヌ氏は昨夜の旅館でいっしょだった女のことを思い出しながら、しかつめらしい口調で、せきばらいをまぜて延々としゃべりつづけた。なかなかいい気分だ。なにしろ青年をひとり救ったのだし、相手はおとなしく耳を傾けていてくれる。

「はい……」

「そうだ。どうだろう、ひとつ、わしのところで働いてみる気はないか」

エヌ氏は訓戒をたれているうちに、思いついて言った。彼は商売柄、時どき荒っぽい事件に巻きこまれることがある。その際、ボデーガードとして少しは役立ってくれるかもしれないと考えたのだ。

腕力の強そうな青年ではない。しかし、いちど死を決した男だ。いざという場合には、身をもって自分を守ってくれるかもしれない。また、危険な使いなどに使ってもいい。万一のことがあっても、自分が助けた者の命だから、そう心の負担にもならないだろう。

いささか妙な論理だったが、現実的なエヌ氏の頭は、そう矛盾を感じなかったのだ。

「しかし、ぼくの仕事は……」

青年はためらったが、エヌ氏は強く言った。

「心配することはない。半人前だなどと悩むことはない。簡単な仕事だ。わしの鞄《かばん》持ちになってくれればいいのだ。それぐらいならできるだろう」

「はい……」

「半人前といっても、二つの荷物を持たせると、ひとつを途中でなくしてしまうわけではあるまい」

とエヌ氏は冗談を言い、青年は承知した。

「それぐらいのことなら、できると思います」

かくして、ついに説得し、エヌ氏は青年を連れて帰り、身のまわりの雑用を手伝わせることにした。

素性がわからないので、最初のうちは

エヌ氏も注意をした。財布をむぞうさに預けたりして、なにげなく試験をしてみた。しかし、青年は悪事に少しも関心を持たないようだった。現代には珍しい男だな、とエヌ氏は思った。だからこそ、がけの上にたたずむようになったのだろう。

また、給料が少ないなどと文句も言わない。とくに仕事熱心とも思えないが、無難であることはたしかだった。

そんなある日のこと、エヌ氏はとんでもない目に会った。町を歩いていると、ビルの上からとつぜん、なにかが落下してきた。支柱がゆるんで倒れたネオン塔で、道路に激突して轟音《ごうおん》をたてた。下敷きになればもちろん即死だが、間一髪のところではずれ、エヌ氏は飛び散ったガラスの破片で、顔を負傷した程度ですんだ。

鞄持ちの青年は、かけよってきて言った。

「大丈夫でしたか」

「ああ、なんとか助かったようだ。しかし、本当に危いところだった」

エヌ氏は大きなため息をついた。

だが、身辺の事故は、つづいてまたも発生した。こんどは、土木工事の現場を監督するため、地方に出かけた時だった。

連絡の不充分なため、ダイナマイトが近くで爆発し、エヌ氏は吹き飛ばされ、足をくじいてしまった。青年はエヌ氏を助け起し、頭をかきながら言った。

「すべて、ぼくがいたらないためで……」

「いや、きみの不注意ではない。そう責任を感じることはない。しかし、もう少しで死ぬところだった」

だが、事故はこれで終りではなかった。こんどは自動車に乗っている時だった。エヌ氏は鞄持ちの青年とともに、タクシーに乗っていた。

踏切りにさしかかった時、信号機が故障していたため、タクシーはそのまま進み、そこへ電車が走ってきた。

ブレーキをかけても、電車の停止には距離が少なすぎる。自動車めがけて衝突した。しかし、一瞬の差で、ぶつかったのは自動車の尾部だった。負傷はしたものの、乗っていた者の命は助かった。

エヌ氏は病院で手当を受け、青年はベッドのそばで、つきっきりの看護をした。エヌ氏は考えたすえ、青年に話しかけた。

「こんなことを言うのは気の毒なのだが、きみをやとっておくのをやめようと思う」

「はあ……」

と青年はすなおだった。

「きみの仕事ぶりが悪いというわけではない。きみにはなんのおちどもない。しかし、やめてもらいたいのだ。もちろん、特別の退職金を払う」

「はあ……」

「理由を話さんとならんだろうな。つまりだ、きみをやとってから、わしの身に事故ばかり起る。なんだか、いい気持ちではない。縁起が悪いのだ。なんというか、死神につきまとわれているような……」

「よくおわかりになりましたね」

と青年は言った。エヌ氏はその意味をはかりかねてとまどった。

「どういうことなのだ。自分でも、死神のようなものだと思っているのか」

「いえ、ようなものではなく、死神そのものなのです」

それを聞いて、エヌ氏は顔をしかめ、身ぶるいした。

「とんでもないものを引っぱりこんでしまった。どうだろう。たのむから、わしから去ってくれ」

「おおせとあれば、お別れいたします」

相手はあっさり答え、エヌ氏はほっとした。

「意外にすなおなのだな。はなれてくれるとはありがたい。しかし、それにしても、なぜ死神だと言わなかったのだ」

「お聞きにならなかったからです。じつは、死神は死神でも実力が不足で、失敗ばかりしているのです。なかなかうまく人を死に導けません。がけから海へ飛び込ませることはできたのですが、その本人は途中で木の枝にひっかかり、自分ではいあがって帰ってしまいました」

「なるほど。そこへわしが現れたというわけだな。あの時は、すっかり自殺志願者とかんちがいしてしまった」

「申しわけありません」

「どうりで事故がつづきすぎると思った。しかし、早く気がついてよかった。これでお別れとしよう。なんとあいさつしたものかわからんな。元気でとも言えず、仕事にはげめとも言えない」

「あいさつはけっこうです。では、おいとまいたします」

帰りかける死神にむかって、エヌ氏はふと思いついたことがあって呼びかけた。

「それはそうと、これからどこへ行くのだ」

「べつな人にくっつくことにいたしましょう。こちらさまには、いつの日かわかりませんが、実力ある仲間がやってまいりましょう」

その言葉にふくまれている意味を、現実的なエヌ氏の頭は、すぐにさとった。

「待ってくれ。すなわち、きみがくっついているあいだは、ほかの死神はやってこないのだな」

「はい。そういうことになっております」

「きみがついている限りは、死なないですむということになる」

死神はいやな顔をして答えた。

「情けないことに、実力が半人前なので、もう少しのところまではゆくのですが、死に導くことはできません。仕事には忠実なのですが、成果があげられないのです」

「たのむ。ぜひ、わしにつきっきりになってくれ。永久にそばにいてくれ」

エヌ氏は死神にすがりつくようにしてたのんだ。

「はい。それほどおたのみになるのでしたら……」

死神は承知し、帰るのをやめた。

それ以来、その半人前の死神は、ずっとエヌ氏の鞄持ちをして、そばをはなれない。

エヌ氏のからだには、たえずなにかがおこっている。骨折や負傷はしょっちゅうだ。食中毒に苦しむかと思うと、肺炎だの急性盲腸炎などで、手おくれ寸前まで行くこともある。しかし、死ぬことだけはなかった。

エヌ氏はこれにまさるボデーガードはないと考えているのだが、それでも時どき、わけのわからない気分に襲われてしまうのである。

変な客

ビルの一階にある小さな店。扱う品物が高級美術品であるため、そとの人通りは多いにもかかわらず、店内はひっそりと静かだった。目がこえていて、そのうえ金のある客でなければ入ってこない。高価な品々が体裁よく並べられ、上品なムードがただよっている。

ここの主人は五十歳すぎの小柄な男。彼は店をひとりでやっている。いま、陳列棚のガラス戸をあけ、ローマ時代の大理石の彫刻を布でそっとみがいていた。

その時、通りに面したドアがゆっくり開き、ひとりの客が入ってきた。身なりのいい、年配の紳士だった。

主人はそれを目で迎えた。顔みしりの客でないため、声を出してのあいさつは差しひかえたのだ。あいそ笑いを浮かべ、あれはいかが、これはいかがなどと呼びかけてはいけない。ここは雑貨屋でなく、高級美術品の店なのだ。芸術品に神経を集中している相手の気分を、害さないようにしなければならない。お客がなにか言うまで黙っており、声をかけられたらすぐに返事をするのが彼の習慣だった。

紳士は店内をゆっくりと見てまわってから言った。

「そこのケースのなかにあるのは、ヒスイの彫刻品ですな」

「はい、さようでございます。これだけのみごとな品は、世界にもほんのわずかしかございませんでしょう」

主人はていねいに答えた。紳士はそれ以上は聞かず、つぎに壁の小さな油絵を指さした。

「あの絵は本物なのでしょうな」

「もちろんでございます。少しでも疑念のある品は、わたしの店にひとつも置いてございません」

主人の口調は変らなかった。不快を感じたとしても、それを表情に出すようなことはしない。

「では、その二つをいただきましょう」

「ありがとうございます。しかし、まだ値段のお話もいたしておりません。お気が早すぎるように思えますが」

「べつにかまわない。金を払うつもりはないのだ。ここに、こういうものがある……」

と、紳士は手に握っていたものをつきつけた。黒く光る拳銃《けんじゅう》がそこにあった。それを見て、主人はあわてた声で言った。

「そんな、ご冗談は……」

「冗談かどうか、引金をひいてみてもいいんだぞ」

「わかりましたよ。どうぞ、手荒なことだけはなさらないでください。お願いです……」

主人は応対しながら、目立たぬようにとりつけてある非常ベルのボタンを、足の先でそっと押した。これはビルの管理人室に通じており、そこで警報が鳴る。そこから警察に連絡がなされ、たちどころにパトロールカーがかけつけてくるというしかけだった。過去にも一回、これで犯人をつかまえたことがあった。ほんの少しだけ時をかせげばいいのだ。主人はなにげないふりをして言った。

「この二つの品物は、お包みいたしましょうか」

「ああ、そうしてくれ」

「しかし、そのぶっそうなものを、しまっていただけませんでしょうか。手が震えて、品物を落したりしては大変です」

相手が拳銃をしまってくれるとは、期待しなかった。だが、紳士はあっさりと承知した。

「それもそうだな……」

そして、それにつづく行為が、また予想外のものだった。紳士は拳銃を自分の顔にむけ、銃口にかみついたのだ。目を丸くして見つめる主人にかまわず、紳士は口を動かし、その全部を食べてしまった。かすかにチョコレートのかおりがした。くちびるや手に茶色のあとが残っていたが、それも舌ですっかりなめて消してしまった。

主人がほっとし、大きなため息をつき終った時、ドアが勢いよく開かれた。パトロールカーからおりた警官が、飛び込んできたのだ。彼らは紳士にむかって言った。

「さあ、おとなしく両手をあげろ」

「これは、いったいなんのさわぎです。なにがあったのですか」

という紳士の落ち着き払った言葉で、警官は質問を主人にむけた。

「あなたですね、非常ベルを押したのは」

「はい。このかたがわたしに拳銃を突きつけたので……」

その答えで、警官はすばやく紳士のポケットを押えた。しかし、出てきたのは財布、ライター、タバコといった程度。警官はふしぎそうな顔をした。

「そんなものはないようだが……」

「は、はい。その拳銃は、このかたが食べてしまいましたので……」

警官はますます変な顔になり、紳士に聞いた。

「そんなことを、本当になさったのですか」

口調はいくらかていねいになった。紳士は当惑した表情で答えた。

「冗談じゃありません。子供ならいざしらず、そんなばかげたことを、やるわけがありません。わたしは正気ですし、ただ、美術品を静かに眺めていただけです。そういえば、ここのご主人、さっき目つきが少しおかしく、なにかひとりでつぶやいていたようです……」

警官たちは事情をのみこんだような顔になった。寝ぼけて非常ベルを押す人も、たまにはあるものだ。それに現実問題として、被害もなく凶器もない。決着をつけるために二人を連行したら、上役に笑われるにきまっている。

警官たちは引きあげ、紳士は帰り、主人は手でひたいを押えながら表のシャッターをしめた。

三日ほどたった午後、その店にまた先日の紳士が入ってきた。ほかに客はなく、主人はそれを見ていやな顔をした。歓迎する気になれるわけがなく、追いかえすこともできず、いやな顔でもするほかなかった。

そんなことにおかまいなく、紳士は言った。

「このあいだは、とんだことだったね」

「はあ……」

こうぬけぬけ言われては、ほかに答えようがない。主人はぶっきらぼうに言いたした。

「……なにか、お求めになりたい品でも……」

「あのケースのなかのヒスイの彫刻と、壁にかかっている小さな油絵だ」

「本当にお買いになるのですか……」

と、主人は絵に顔をむけた。その時、彼は首すじにちくりと痛みを感じた。ふりむいてみると、紳士の手のナイフの先が当ったためとわかった。

「よけいなことはせず、言う通りにするんだ。さからうと、これでぐさりだ」

「はい……」

主人は従わざるをえなかった。なるほど、こういうしかけだったのか。先日の芝居は、非常ベルの所在を知るための作戦だったらしい。慎重なやつだ。しかし、その手には乗らない。これだけの高価な品を扱うからには、用心に用心を重ねている。いたるところにボタンがあるのだ。主人はその一つをすばやく押した。そして、壁の絵をゆっくりとはずしにかかろうとした。

とつぜん、ばりばりという音がした。ふりむくと、その音は紳士の口から出ていた。氷砂糖かドロップをかみくだく音がし、ナイフは口のなかに消えてゆく。食べ方がうまいのか、かけらはそとにこぼれなかった。

やがて、警官たちがかけこんできた。警官は紳士にむかい、紳士は警官にむかい、同じ文句を口にした。

「なんだ、またですか」

紳士は頭をかきながら言いたした。

「どうも困ってしまいます。わたしが入ると、ご主人が発作を起すようです。わたしの顔から、むかしの災難でも連想なさるのでしょうか」

ぐあいの悪い立場におかれるのは、主人ひとり。本当にナイフを突きつけられた、そのナイフは本人が食べたのだとは、まじめに主張できない。まじめになればなるほど、かえって変に思われる。頭をかかえる以外になく、その様子は頭痛が起っているように見えた。

しかし、主人の災難はこれで終らなかった。さらに三日後、紳士はまたも出現した。主人は意を決し、今度ははっきりと言った。

「こんなことは申しあげたくないのですが、お帰りいただきたいと存じます。なにがおもしろくて、わたしをからかうのです。いいかげんになさってください。店の体面も、ずいぶん傷つけられてしまいました」

「わかっている。もう、きょうで最後だ。ヒスイと油絵をもらうぞ」

「いいかげんでやめてください。さもないと……」

「警察を呼ぶというのだろう。さあ、ベルを押して呼んだらどうだ」

「もうだまされません。押すものですか。絶対に押しませんよ。押したところで、ビルの管理人が相手にしないでしょう。かりに警察へ連絡してくれたって、だれも来ないでしょう……」

「そうだろう。そこがつけめだ。さあ、これを見ろ……」

紳士は口の広いビンを取り出し、ふたをはずした。主人はしかめつらで言った。

「なにをお出しになっても、だめです。その手には乗りません」

「いや、今度は本物だぞ。よく見ろ……」

紳士はなかの液体を床にたらした。煙があがり、床板がこげた。彼はそれを指さして言った。

「……どうだ。強力な薬液だぞ。言う通りにしないと、これをおまえにかけてやる」

「おもしろい薬ですね。どうせ、ドライアイスかなにかをまぜて作ったのでしょう。ばかばかしい。頭のおかしいのは、お客さんのほうですよ。ひとのあわてふためくのを見て喜ぶのは、精神異常の一種だそうです。早く病院に行くべきでしょう」

「なにを言う。これは確実な本物だ」

相手の口調は真に迫っていたが、主人は笑い出した。

「どういうつもりなのです。あなたはひとが悪いのか物好きなのかわかりませんが、よほどの変人なんですね。前の二回は、すっかり驚かされてしまいました。しかし、もうだめです。いかに熱演なさっても……」

　笑っているうちに、また不愉快になってきた。傑作な変人かもしれないが、その目標にされた自分としてはおもしろくない。そう思うと、商人らしくもなくかっとなった。手をのばしてビンを奪い、相手にふりかけたのだ。

「コーラだかジュースだか知らないが、早く飲んで帰ったらどうです」

　紳士はあまりの突然さに、かわすひまもなかった。笑いながらこんなことをするとは、予想もしていなかったのだ。胸にどっぷりと液をあびた。

「わあ、助けてくれ。やめろ……」

　逃げ出そうとしたが、薬液の刺激臭を吸ったためか、戸口のところで苦しげに倒れてしまった。服が煙をあげ、こげくさいにおいとともに変色しはじめている。

　主人はわれにかえった。わけはわからないが、なにか大事件のようだ。急いで非常ベルを押そうとしたが、それは思いとどまり、かわりに電話機で救急車を呼ぶことにした。救急車なら、こっちを信用してかけつけてくれるだろう。

美味の秘密

ある日の午後、商事会社を経営するエヌ氏は、社長室で書類に目を通していた。会社はそう大きくなかったが、着実に業績をあげていた。社長であるエヌ氏の性格を反映しているといえた。彼は派手な女遊びとか、競馬のごとき賭《か》けごとに熱中することがなかったのだ。

社長室のドアをあけて、社員のひとりが入ってきて言った。

「社長、ちょっとお耳に入れたいことが……」

「いまは忙しい。あとにしてくれ」

ことわるエヌ氏に、社員が言った。

「しかし、すばらしい料理を出す店についてのご報告ですが……」

「本当か……」

と、エヌ氏は顔をあげた。彼の生きがいは美味を口にすることだった。この道楽は使う金に限度があり、財産をつぶす心配もなく、まあ安全な趣味といえる。

「本当です。うそでしたら、わたしが辞表を出してもいいくらいです」

社員は大まじめだった。それを聞いて、エヌ氏は書類を机のはじに押しやり、身を乗り出しながら言った。

「それはすごい。たしかだったらボーナスを出そう。いったい、どこのどんな店だ。よく話してくれ」

「はい。じつは、きのうの夜のことです。バーで飲んだあと、一軒の小さなレストランに入りました。あまりぱっとしない店で、安いだろうと思って入ったのです。しかし、金を払う時になって驚きました。とてつもなく高い値段で、あり金をみんな払わせられてしまったようなわけです」

「値段のことを聞いているのではない。味はどうだったのだ。うまかったのか」

「はい。あれは、うまいなんてものではありません。幻の味としか言いようがありません。古今東西の四季の料理、その長所ばかり集めたとしても、ああはならないでしょう。そんな水準より一段うえの……」

社員は言葉につまった。エヌ氏はうなずいた。

「まあ、いい。味を言葉で説明しようとしても無理だ。どうやら、うまかったことだけは、たしかなようだな。もっとも、きみたちが感激しても、わたしの口にあうかどうかはわからない。わたしは、たいていの味には驚かなくなっている。で、その場所は覚えているのか」

「もちろんです。しかし、夢のような気もし、行ってみたらなかった、ということになるのじゃないかとも思えます。いや、夢じゃありません。たしかに食べたし、金も払った……」

　社員は首をかしげながらも断言した。

「よし。では、きょう会社の帰りに、その店へ案内してくれ。金のことは心配するな。みなわたしが払うから」

　エヌ氏はこう言い、夢みるような表情になった。そんなにうまい料理なのだろうか。これまでに何回となく、そのたぐいの評判を聞いて出かけ、行ってみて失望したことがあった。今回はどうなのだろう。本当なのだろうか。彼は仕事そっちのけで空想するのだった。

　エヌ氏は社員に案内させ、会社を出た。社員は盛り場の裏通りを歩き、きのうの記憶をたどってさがし、一軒の店の前でとまった。

「ここです」

「こんな店か……」

小さな地味な店だった。両どなりに大きく明るいレストランがあるため、いっそう貧弱に見える。普通の人なら、入る気にならないだろう。〈マスコット〉というレストランらしからぬ名を書いた看板が出ていた。

しかし、美味を求めるためには、そんなことを気にしてはいられない。エヌ氏はドアを押してなかに入り、変な顔をした。せまいうえに飾りつけもないのだ。普通のお客なら、入ったとしてもここで帰ってしまうだろう。

テーブルはなく、四人ほどがすわれるカウンターの席があり、そのむこうに料理人がいた。コックの服を着た四十歳ぐらいの男で、二人を迎えてあいそのない口調で言った。

「いらっしゃいませ」

椅子《いす》にかけたエヌ氏のほうで、おせじを言わなければならなかった。

「これはうちの社員だが、ここの料理を熱心にほめるので、出かけてきたわけだよ」

「そうですか……」

と、料理人はうれしそうな顔もしなかった。

「ここは、会員制かなにかなのかい」

「ちがいます。どなたでも入れます。で、なにを召し上がりますか」

「なんでもいい。ここの最もとくいとする料理を、二人前つくってくれ」

「はい……」

料理人はあいかわらずつまらなそうな顔で、うしろの冷蔵庫から肉を出し、野菜をきざみ、調味料をふりかけ、料理にとりかかった。むぞうさな手つきであり、熱意もこもっていない。エヌ氏は失望してきた。こんな調子では、たいしたことはないだろう。この社員め、酔っぱらって頭がどうかしていたのだろう。食べてまずかったら、ただではすまないぞ。

やがて料理が皿に盛られ、前に出された。デパートの食堂のランチみたいだった。コックはぶっきらぼうに言った。

「さあ、どうぞ」

社員はうれしそうに食べはじめたが、エヌ氏は気が進まぬ手つきで口に運んだ。そして、しばらく沈黙していたが、やがて感きわまった声をあげた。

「うむ、すごい。あらゆる料理を味わってきたつもりだが、こんなのははじめてだ」

「そうですか」

料理人はまた、ぼそりと答えた。しかし、さっきとちがって、それが料理の名人にふさわしい態度のように見えてきた。店内の殺風景さも、よけいなことに金をかけない良心的なあらわれのように思えてきた。エヌ氏は、またたくまに食べ終って言った。

「もう一皿もらえないだろうか」

「はい、さしあげます」

料理人は答え、それを作った。エヌ氏は、今度はゆっくり味わいながら食べることができた。味の極致としか呼びようのないすばらしさだった。ほかには形容の文句もない。エヌ氏は聞いてみた。

「このいい味は材料のせいかね」

「いえ、べつに……」

料理人の答えは簡単だった。

「なにか特別な料理法でもあるのかね」

「いえ、べつに……」

そういえば、目の前で料理したのだった。いったい、どうやってこんな味を出現させたのだろう。なぞとしか言いようがない。しかし、はじめて入った店で根ほり葉ほり質問するのもどうかと思い、エヌ氏は代金を払ってその日は帰った。

つぎの日も、エヌ氏の足はしぜんと〈マスコット〉にむかった。そして、食事をしながら、なぞのような料理人にこう言った。

「おせっかいなようですが、こんな腕前を持っているのなら、もっと店を拡張して大いにもうけたほうがいいでしょう」

「いや、これでいいのです」

口数の少ない料理人を相手に会話を重ねたあげく、エヌ氏はとっておきの質問をした。

「こんな腕前を、どこで身につけたのかね」

「しぜんとそうなっただけですよ」

「わけがわからない話だな」

「そうでしょう。お話ししても、どうせ信じてもらえないことです」

「いや、信じるよ。この料理の味のすばらしいのは事実だ。ぜひ話してくれ」

エヌ氏はせがみ、料理人は話した。

「じつは、知人から買ったマスコットのおかげです。それには料理の妖精《ようせい》が宿っており、その力が、わたしに料理を作らせるのです。それまでは卵のゆでかたさえ知らなかったわたしでしたが、その日を境に、この力がそなわったのです。普通の材料、普通の調味料、普通の料理法なのに、こんな料理ができてしまうのです」

「それで、そのマスコットとはどんな品なのだね」

エヌ氏が聞くと、料理人は服の胸に手を入れ、なにかを引っぱり出した。それは鎖で首にかけられたペンダントようの品だった。

丸くて美しい金色に光り、意味のわからない文字だか模様だかが刻まれてあった。エヌ氏が眺め終ると、料理人はそれをしまいながら言った。

「そもそものはじめは、どこで手に入れた品か知りませんが、外国の古道具屋で掘り出したものだそうです。ジプシーからもらったとの説もあります。なにしろ、わたしに売ってくれた知人の前にも、何人も持ち主がいたそうで、あまりはっきりしないのです。しかし、こんなマスコットの働きは、お信じにならないでしょうね」

「いや……」

エヌ氏はうなった。信じられないような話だが、真実味がこもっている。また、なにか超自然的な力でも作用しないと、この夢のような味はでてこないはずだと思われた。

そのつぎの日も、エヌ氏は〈マスコット〉にむかった。きのう料理の秘密を知って以来、マスコットを欲しくてならなくなっていた。それを手に入れれば、あの味が独占できるのだ。まったく、ひとに味わわせるのが惜しくなるような味なのだ。美味についてひと一倍熱心なエヌ氏には、その価値がよくわかるのだった。

エヌ氏は料理人に切り出してみた。

「そのマスコットを身につけていれば、だれにでもこんな料理が作れるのか」

「そうです。わたしの場合にもそうでした」

「こんなことを言うのはなんだが、それを売る気はないかね」

どうせだめだろうとは思ったが、料理人は少し考えてから、意外な答えをした。

「ないこともありません。値段さえ折り合えば、おゆずりしてもかまいませんよ」

言い値はとても高かった。エヌ氏はためしに値切ってみたが、ぜんぜん受付けない。あきらめるか、その通り払うかのどっちかしかなかった。

エヌ氏はついに決心した。この機会をのがしたら、一生を後悔しつづけることになる。彼は小切手を書いた。

料理人はそれを受取り、ペンダントを首からはずし、エヌ氏の首にかけて言った。

「さあ、これで料理の魔力はあなたのものです。大いに作って下さい。いかがです、ご気分は」

「うむ、ふしぎだ。料理の力がそなわったような気がする……」

つぎの日、エヌ氏は自分で料理を試みた。力がそなわったような気がするばかりでなく、事実、手が自分の意志をはなれて自由に動き、料理ができあがった。いいにおいが立ちのぼっている。にせ物ではないかとの疑念も、これでまったく消えた。

エヌ氏は大喜びだった。しかし、それもわずかな時間しかつづかなかった。これには恐るべき悲劇のともなっていることが、すぐにわかった。エヌ氏は、それを口にすることができなかったのだ。

彼の両手は、それを口に運ぶことを拒否するかのように動かなかった。他人を呼んで口に入れてもらおうとすると、口のほうがしぜんに閉じてしまう。そのくせ、他人はその料理を食べることができ、その味に満足するのだ。料理の妖精の魔力とやらは、マスコットの持ち主には作らせるが、その味を楽しむことを許さないのだ。

これでは残酷な拷問《ごうもん》ではないか。エヌ氏はペンダントを首からはずそうとした。しかし、決してそれははずれないのだった。首のまわりに、見えない障害物が存在しているような感じだった。もちろん、切断することも不可能だった。ヤスリでこすっても傷すらつかない。

エヌ氏は対策を考えた。これは絶対にはずれないものなのだろうか。いや、そんなはずはない。げんに料理人はそれをはずし、自分にかけてくれたではないか。ということは、なにか方法があるはずだ。それを聞かなければ……。

エヌ氏は〈マスコット〉にかけつけた。ゆくえをくらましてしまったかと気になったが、行ってみると料理人はいた。待っていたようなようすだった。エヌ氏は文句を言った。

「ひどい品をよこしたものだな」

「ええ、ひどい品です。そのために、どんなにわたしが苦しんだことか……」

「いったい、どうやったらはずせるのだ」

「それをお教えするため、お待ちしていました。他の人に売ればいいのです。ただし、買った値段より高くです」

「しかし、こんなものを買う人なんか、いないだろう」

「そこですよ。だからわたしも苦心しました。買手を巧みにおびきよせなければなりません。しかし、大きな店にすると、お客は食べて喜んで帰るだけです。それでは面白くありません。こんなしゃくなことはありませんよ。他人ばかり楽しませ、自分は口にできないんですから」

「ああ、どうしたらいいんだ」

エヌ氏ががっかりした声をあげると、相手は言った。

「こんな店をどこかに出すんですな。そして、買手のあらわれるのを、気長に待つ以外にないでしょう。ところで、お別れに、わたしのために料理を作ってくれませんか。

もう一回だけ、食べてみたい。しかし、だめでしょうな。あなたは今のところ、とてもそんな気にはなれない……」

陰謀団ミダス

ここに、いささか抜けたところのある、ひとりの青年があった。彼にはまた軽率なところもあり、優秀な点は少なく、そんなことが原因で現在は失業の身だった。そして、あいにくと世の中が不景気なため、なかなか適当な職にありつけないでいた。

もともとあまりなかった貯金も、たちまち底をついた。もはや身動きのとれなくなる寸前という、哀れきわまる状態におちいった。こうなると、いくらなんでも悠然《ゆうぜん》としてはいられない。

きょうも彼は、恥も外聞もなく、いつも不義理を重ねている知人に泣きつき、紹介状を書いてもらった。それを手にし、就職運動に、ある建築会社を訪れた。

受付でさんざん待たされたあげく、やっと人事課長というのが会ってくれた。中年のにこやかな顔をした男だったが、いかにも油断のなさそうな目つきをしていた。人事の責任者となると、こんな人相になってしまうのだろうか。課長は履歴書をのぞきこみながら、青年に質問した。

「趣味はなんでしょうか」

青年は机の前にかしこまり、相手を見つめ、まじめな口調ではっきりと答えた。

「はい。テレビや映画でスパイ物を見るのが大好きです」

課長は苦笑し、顔をしかめた。

「あまり現実的な性格ではないようですな。で、前につとめていた会社を、なぜやめたのですか」

「やめたのではありません。ご存知のように、世の中は不景気です。会社が企業縮小のため人員整理をやったのです。つまり、やめさせられたというわけです」

「それはお気の毒。しかし、なんとか残れるように、努力してみればよかったでしょうに」

「やってみましたが、だめでした」

「なるほど、あなたは会社にとって不必要な人間と判定されたわけですね」

課長はいじの悪い言葉を口にした。青年はそれをみとめなければならなかった。

「はい……」

「なぜこの会社に就職したいのですか」

「ほかにもいろいろ回ってみたのですが、どこも不景気だそうで、断わられてしまいました。ですから、ぜひやとって下さい」

「あなたは、たぐいまれな正直な人ですな。ええ、もちろんやといますよ。この不景気を乗り切るための、なにかアイデアなり計画なりをお持ちでしたら、大いに働いていただきたいと思います。ひとつ、それをお話し下さい」

「その……」

青年は口ごもった。そんなものを持ちあわせているわけがない。まったく、いじの悪い人事課長だった。こっちが現実的でなく、有能でなく、人のいい性格であることを暴露し、そのうえ、まだからかおうとしている。

ネコがネズミをもてあそぶように、必死の求職者をいじめて楽しんでいる。やるほうはさぞ面白いだろうが、やられるほうはたまったものでない。課長はにやにやしながら、さらに言った。

「あなたは奥ゆかしい性質のようですね。どうぞ、ご遠慮なくおっしゃって下さい」

「もういいんです。だめならだめと、早く引導を渡して下さい」

とうとう青年は腹を立てた。机の上の履歴書をひっつかみ、その会社を飛び出した。近くの公園のベンチにぐったりと腰をおろした時、やっと後悔の念がこみあげてきた。もっと泣きつけばよかったのだろうか。いや、そんなことをしてみても、相手を喜ばせるだけだったろう。どっちにしろ、だめなのだ。

青年は悲しげに自分の手を見ると、そこに一枚の紙がにぎられてあった。さっき帰りがけに、履歴書といっしょに机の上にあった書類を持ってきてしまったのだった。のぞいてみると住宅の設計図で、一端にその所在地が記してある。

あの建築会社にとって、大切な書類なのかもしれない。引き返して渡すべきだろうかと、青年は思った。しかし、あのいやな人事課長に、もう二度と会う気はしなかった。考えただけでも、胸がむかむかしてくる。また、たとえ親切に持っていっても、だからといって採用してくれるわけでもないだろう。青年は戻るの

をやめた。

書類の紛失ということで、あの課長を困らせ、ささやかな復讐《ふくしゅう》をしてやろうとも思ったからだ。

青年はベンチにすわったまま、その図面をくわしく眺めた。さしあたって、ほかにすることはなにもないのだ。図面の家は大きかった。不景気な世の中だというのに、金まわりのいいやつもいるものだ。こっちは金もなく職もなく、こんなに哀れな立場だというのに。社会はあまりに不公平だ。なんとかしなければならないことだ……。

こんなふうに考え、さっきの不快さがからまり、それはひとつの空想に発展した。この家に泥棒に入ってみようというのだ。その気になって図面で調べると、忍び込むのはきわめて容易なようだった。彼は実行への誘惑を感じた。

青年はなけなしの金を使い、バスに乗ってその家のそばまで出かけた。それとなく門からようすをうかがうと、立派な家で、なかは静かだった。

その門標で名前を知り、電話帳で番号を調べ、公衆電話からかけてみた。応答はあった。

「みなさんご旅行中で、わかりかねます」

としとった女の声だった。留守番の婆《ばあ》やかなにからしかった。

絶好のチャンスではないか。これで青年の決心はきまった。断固としてやりとげてみせるぞ。金も手に入るし、スリルを味わうことで、この胸のもやもやも消えるだろう。第一、このままだったら、あすから生活していけないのだ。

夜になるのを待ち、青年は侵入した。邸内はうす暗く、ひっそりとしていた。しかし、図面を覚えこんでいるため、まごつくことはない。ここが浴室で、むこうが便所、こっちへ行けば食堂がある……。

そして、目ざす部屋に入った。窓には厚いカーテンが引いてあり、光のもれないことをたしかめてから、スイッチを押した。室内が明るくなった。さて、ゆっくりと金目のものをさがすとしよう。

高価そうな美術品が並んでいる。ひとつ持ち出しても、けっこう高く売れそうだ。しかし、現金があればそれに越したことはない。青年はあちこちをひっかきまわし、机の引出しのなかから、ついに札束をみつけた。彼はうれしそうに手に取った。これさえいただけば……。

その時、ドアのほうで人声がした。

「おい、泥棒」

ふりむくと、強そうな男が棒のようなものを持って立っている。青年はあわてて、もうひとつのドアから逃げようとした。だが、そこにもべつな男がいた。やむをえず窓から飛び出そうとカーテンをあけると、ガラスのそとにも男がいた。

なんということだ。留守だとばかり思っていたのに、強そうな男が三人も出現するとは。もはや逃げることは不可能だ。青年はへなへなとなった。ひざまずいて、あわれみを乞《こ》う以外にない。

「恐れ入りました。ほんの出来心です。それに、まだなんにも盗んでいません。お願いです。このまま見のがして下さい」

「見のがしてやらないこともない。だが、そうなると、もっとひどいことになるぞ」

と、最初に声をかけた男が言った。ちょっと貫録《かんろく》があり、三人のなかで親分格らしく見えた。青年は聞いてみた。

「どうなるのでしょうか」

「この部屋には、かくしカメラがしかけてある。きみの行動は札束をつかむまで、すべて映画フィルムにおさめてしまった。われわれはその札束をかくし、フィルムを警察にとどけることにする」

「それはひどい。金を盗みもしないのに、ぬれぎぬを着せられてしまうとは……」

青年は泣きそうになったが、相手は受付けなかった。

「いずれにせよ泥棒じゃないですか。さあ、ご遠慮なく、どうぞお逃げ下さい」

妙にていねいな口調だった。だが、そんなことを言われても、逃げ出せるものではない。きょうは他人にいじめられてばかりいる。よほど不運な日にちがいない。青年は声をはりあげた。

「ああ、いったい、どうすればいいんだ。盗みもしないのに、警察に追われつづけなければならないとは……」

「まあ、そう泣くことはない。ゆっくりと話しあおう。いい解決案が出るはずだ」

「どうせ、金を払えば見のがしてやるとかいうんでしょう。しかし、だめです。そんな金はありません。だからこそ、ここへ忍び込んだのです。こんなことになると知っていたら、あんな図面はすぐに捨ててしまえばよかったんだ……」

「みんなそう言うが、いまさら後悔しても手おくれだ。こうなるように、はじめからしくんであったんだから。碁や将棋でいうはめ手と同じだ。しろうとはたいていひっかかる」

意味ありげな答えに、青年は首をかしげた。

「なんですって。なにかわけがありそうだ。たしかに、こう三人もそろって待ちかまえているとは、手はずがよすぎる……」

「やっとわかりかけてきたようだな」

「わなだったのか……」

「まあ、そういったところだな。ここの図面は、要所要所に効果的に配布してある。電話には、たよりない老婆《ろうば》の声が答えるようレコーダーがしかけてある。それにさそわれて、いままでに何人もやってきた。そのなかから、役に立ちそうな者を選ぼうというのだ」

「あまりにひどいしかけだ。警察に訴えてやるぞ」

「どうぞ、ご自由に」

こう言われ、青年は答えにつまった。こっちは弱味をにぎられてしまっている。そういえば、いじの悪い人事課長も一味なのかもしれない。いやみで立腹させ、そっと図面を渡し、悪へとかり立てる。しかし、そのことは立証のしようがないのだ。青年はおとなしく質問した。

「なにをやらせようというのです」

「いまは言えない。きみの住所氏名を書いておいてってくれ。きみを調査し、合格ときまれば二日後に連絡する。そうしたら、またここに来てくれ」

青年はポケットにあった履歴書を出した。やけ気味でもあったし、手も足も出ないこんなわなにかかったからには、反抗してもむだだろうと思えたからだ。相手はうなずき、青年をおとなしく玄関から送りかえしてくれた。

やがて連絡があり、青年がふたたび家を訪れると、先日の貫録のある男が迎えてくれた。

「よく来てくれた。おめでとう。きみは合格だ」

「合格ですって……」

あこがれつづけたこの言葉を、こんな場所で告げられるとは。青年は呆然とした。

「そうだ。きみの先日の夜の侵入、それがはじめての泥棒行為だとわかったからだ。つまり、悪ずれしていない点がいい。経験豊富な泥棒は自己を過信し、団体行動に適さないから困るのだ」

「ほめられているんだか、けなされているんだか、よくわかりません。しかし、不景気で仕事はないし、弱味をにぎられているし、ぼくで役に立つのなら手伝いましょう。ところで、なにをやるのか教えて下さい。あまりいいことではなさそうですね……」

「だが、教えるからには、秘密を守ってもらわなければならない。また、入ったら抜けることが許されない団体なのだ。忠実に働けば昇進もするし、ある場合には、外国の別荘でのんびり休養させてもらえることもある。しかし、もし裏切ったら……」

「わかってますよ。いまさらしりごみできません。秘密を守ることを誓います。なんという団体なんですか」

「いいか、われわれは陰謀団ミダスに属するものなのだ」

「なんですって。世の中を乱す陰謀団なんですか」

青年は目を丸くし、つぎに笑いかけた。なにを聞かされるかと緊張していたら、陰謀団ミダスときた。テレビのスパイ物がいくら流行しているからといって、そんなものが現実にありえないことぐらい、子供でも知っている。いったい、この男はどういうつもりなんだろう。大きな家に住み、ひまと金を持てあまし、頭が弱いので、道楽に陰謀団ごっこを思いついたのだろうか。

しかし、相手は笑おうともせず、もっともらしい口調で説明をつづけた。

「英語風に読めばマイダスと発音される。このミダスというのはギリシャ神話にでてくる王の名で、いろいろな伝説の持ち主だが、そのひとつにこういうのがある。王はある日、手でふれる物すべてを黄金に変える力を神から授けられた。われわれのやることも、それと似ているのだ。また……」

相手はちょっと英語をしゃべった。なんとかかんとかエイジェント・オブ・シークレットとか言い、その略にもなっていると告げた。青年にはよくわからなかった。さっとわかるぐらい英語にくわしければ、もっと早くまともな職にありつけていただろう。

「で、あなたがボスなんですか」

「そうだ。これからは、わたしをボスと呼んでくれ。しかし、誤解しないでもらいたいが、わたしの地位はそう高いものではない。わたしの上にはビッグ・ボスというのがあり、その上にはグランド・ボス、もっと上にはロイヤル・ボスがいる。わたしなどはまあ課長クラスだ」

「なんだか大きな組織のようですね」

「ああ、普通の人の想像を越えた、巨大な秘密結社なのだ。団員の数は多く、各分野にひそんでいて、実力もある」

「それで、なにをやろうというのです」

「まだきみには教えられない。いずれ上からの指令が来たら、それにもとづいてみなといっしょに働いてもらうことになる」

「しかし、団の目的ぐらい教えて下さい」

「それは入団の手続きをしてからだ」

青年は少し好奇心がわいた。部屋を暗くし、骸骨《がいこつ》でも持ち出し、怪しげな酒でも飲まされる儀式を想像したのだ。しかし、その期待ほどでなく、あっさりしたものだった。皮の表紙のついた帳簿のように大判のノートに署名させられただけだった。青年は名を書き、指紋を押した。これで一蓮托生《いちれんたくしょう》ということらしい。表紙には金色で手のマークがついており、その点だけが青年を喜ばせた。

「これでいいのですか」

「ああ、では団の根本方針を教えよう。いかなる犯罪も戦争よりはましである。これが陰謀団ミダスの主張だ。これによってすべての計画が立てられ、行動がなされているのだ」

ボスはおごそかに言った。青年はいささかくすぐったくなった。また、はじめて新しい思想に接したようで、少し感激した。それよりなにより、なんとなく楽しくなってきた。

「では、入団したのですから、手帳とかバッジとか、必要な品をひとそろい下さい」

「ばか。にこにこするな。これは遊びでも悪ふざけでもないのだぞ。真剣にして現実的なものなのだ。この点を決して忘れるんではないぞ。また、行動に気をつけて、個人で悪を働くな。秘密を守ることは、さっき誓ったな。いずれ、上からの指令がとどきしだい連絡する。それまでは英気を養ってくれ。これは当座の小遣いだ」

渡されたのは札束だった。かなりの金額だ。それを受取ると、青年の身と心がひきしまった。冗談半分では、こんなことまではできないだろう。

といっても、青年はまだ半信半疑だった。このあいだまでの哀れな状態にくらべると、あまりの変化に夢のような気分だったのだ。どこまでが本当で、どこまでがうそなのだろうか。ことによったら、相手の調子に巻きこまれ、こっちの頭までおかしくなったのだろうか。

その金をポケットに、青年はその家を出てレストランに入った。このところあまり満足な食事もしていないのだ。まず安い料理を注文した。札がにせではないかと警戒したためだった。考えれば考えるほど、にせ札のように思えてくる。

しかし、支払ってみると通用した。青年は元気になり、べつな店で豪華な食事をとりなおした。さらに勢いにのって、キャバレーに入った。気前よく金を使ったので、女性にもてたことはいうまでもない。こんなことは何年ぶりだろう、と青年は思った。だが、いくら考えても思い出せなかった。以前には、豪遊したことなど一度もなかったのだ。

「ねえ、お若いのに景気がいいのね。さっと、才能がおありなのね。すてきだわ」

と、美しい女性が微笑とともに話しかけてきた。青年はいい気分だった。

「いや、それほどでもないよ」

「どんなお仕事をなさっておいでなの」

青年は答えかけたが、思わず口をつぐんだ。誓いを忘れなかったためではない。陰謀団ミダスに属しているなどと言ったら、子供っぽい冗談と思われ、軽蔑《けいべつ》されて笑われるぐらいがおちだからだ。


数日後、ボスからの連絡があり、青年は例の家に出かけた。ボスはまず言った。

「よく秘密を守ってくれた。あのキャバレーの女にミダスのことを一言でももらしていたら、きみは除名となり罰を受けていたろう。試験をみごとに通過した。今後ともよく気をつけてくれ」

「はい」

と青年は答え、ほっとすると同時に、ちょっと驚いた。あの女もミダス団員だったのだろうか。それとも、そばに団員がいたのだろうか。認識をあらためる気になった。

やがて何人かの男が集ってきた。ボスはみなを前にして言った。

「よく聞いてくれ。本部からきわめて重要な仕事の指令がきた。これを完全に果さなければならない。失敗は許されない」

ひとりの団員が聞いた。

「もちろんやりとげます。どんなことです」

「都心にあるラルフ宝石店を、夜になってから襲うのだ。この種類の仕事はミダスとしては新しい分野だが、成功したらつぎつぎと大規模にやることになるだろう。その意味からも、しっかりやってもらいたい」

「はい」

と他の団員たちは答えた。青年は少しがっかりした。宝石店強盗とは芸のないことだ。それに、つかまる可能性だって多い。陰謀団ミダスというからには、もっとスマートな方法を使うのかと思っていた。しかし、他の団員たちが忠実に答えているので、青年は批判めいた口を出すのはやめた。自分だってこの家に忍び込み、ぶざまな失敗をやっているのだ。だが、ひとつだけ質問した。

「殺人はやらないんでしょうね」

「それはやらん。もっとも、きみがへまをして、だれかを殺せばべつだがね」

ボスは断言し、店の見取図をもとに、こまかい計画を話しはじめた。

ラルフ宝石店の襲撃はうまくいった。それを順序だてて簡単に記すとこうなる。

人通りが少なくなった時刻、通用口の一部に薬液をふきつける。その強力な作用で金属がとけ、鍵《かぎ》がはずれ、押すとドアはたやすく開いた。

そのけはいに気づいてやってきた宿直員に、一時的な催涙ガスを発射する。団員たちはあらかじめ目薬をさしているので、その作用は受けない。

宿直員をおどし、金庫をあけさせて現金を奪う。それからこう言い渡す。

「おまえは物かげにしばらくかくれていろ。三十秒後に爆発する爆弾をしかけた。捨てようとして手をふれたら、それ以前にも爆発する。警察への連絡は、そのあとにするんだな」

そとに出ると、たまたま通りかかった若い女性がいた。それにも催涙ガスを吹きつけ、つかまえて人質にし、待たせてあった用意のスポーツカーに乗り、全速力で走らせる。うしろのほうで爆発音がし、人びとがさわぎはじめていた。

夜の街を停止することなくつっ走る。赤信号にはであわない。これはミダスの研究部とやらが開発した、信号機を操作する装置のおかげだった。それが各交差点にとりつけてあり、スポーツカーからの特殊波長の電波を受け、その時だけ青信号に変えるのだ。もっとも、あとから装置を回収してまわらなければならないが。

途中で人質の女をおろし、さらに車を走らせ、郊外の森のなかのかくれ家にたどりついた。これで一段落。

「みな、ごくろうだった。指示どおりに動いてくれたおかげで、うまくいった」

とボスが言い、団員が口をあわせた。

「よかったですね。おめでとうございます」

「まあ、酒でも飲んでくつろいでくれ。ミダス団員は働く時には真剣でなければならないが、休む時にはすべてを忘れてのんびりしてくれ」

しかし、青年は疑問の点を聞いてみた。

「たしかに成功はしましたが、あれだけ派手に危険をおかしたわりには、収穫が少ないと思います。現金だけでなく、宝石やなにかもごっそりと持ってくればよかったでしょう」

「よけいなことを言うな。これが本部からの指令だったのだ。新入りがふしぎに思うのも無理はないが、陰謀団ミダスの偉大さはいずれわかるだろう」

みなは酒を飲みながら、テレビを眺めていた。やがて夜の番組が中断され、ラルフ宝石店襲撃の臨時ニュースが放送された。爆弾の破裂した店内の現場写真がうつされた。床や壁には大量に血のあとが散っていた。それを見て青年は青ざめた。

「ひどい。だれも殺さない約束だったはずです。爆弾で宿直員を殺してしまうとは……」

「よく画面を見ろ。宿直員はあの写真の片すみにうつっているではないか」

「では、だれのです、あの血は……」

「ある病院から手に入れた血液だ。びんに入れて持っていって、一面にばらまいてきた」

「また、なんでそんなことを……」

「こうしたほうが派手でいいじゃないか。ものごと、ショッキングでなければならぬ。なあ、そうじゃないかい」


つぎの朝の、あるテレビ局のニュース・ショーはラルフ宝石店の宿直員を引っぱり出した。彼はアナウンサーにうながされ、恐怖の体験を語った。

「まさか、こんなふうに襲撃されるとは、予想もしていませんでした。わたしはとたんに目をやられ、わずかにできたことは、ちょうどそばにあったテープレコーダーのスイッチを、さとられぬように押すだけでした」

つづいて、そのテープがまわされ、なまなましい会話が再生された。

〈……さあ、大声を立てたりせず、金庫をあけて金を出せ。さもないと……。

……現金の入っているこちらの金庫はあけますが、もう一つのは殺されてもあけません。お客さまからの預り品が入っております……。

……よし。現金だけでいい。

……金庫をあける音。息づかい。

……おまえは物かげにかくれていろ。三十秒後に爆発する……。

……遠ざかる足音。激しい爆発音〉

人工のドラマでは決して出せない、息づまるような経過の録音だった。そのテレビ局はテープの独占に大金を払った。また、それだけの価値はあり、多くの視聴者の目を画面にひきつけた。見そこなった者はうわさを聞いて局に電話し、再放送をたのんだ。もちろん局はそれをやり、驚異的な視聴率をあげた。

出演した宿直員はあらゆる賛辞を受け、このような店員をやとっているということで、ラルフ宝石店の信用は一挙に高まり、また広がった。

他のテレビ局も手をこまねいていたわけではない。人質にされて連行された女性をさがし出し、これまた恐怖の体験を語らせた。彼女はなかなか魅力的な美人で、ひかえ目な口調と身ぶりで話した。オーバーに混乱した話をするよりはるかに効果的で、視聴者の動悸《どうき》をいっそう高めた。

テレビばかりでなく、久しぶりの大事件のため、新聞や週刊誌も大きく扱った。各方面の有識者が例によって動員され、それぞれ意見をのべ、読者は熱心に読んだ。

こんな意見も出た。余分な現金は店や家に置かず、なるべく銀行にあずけ、小切手をもっと活用すべきである。貴重品のたぐいは、銀行の貸金庫に保管するようにするといい。

外国にくらべ、保険への関心がまだまだ薄い。できるだけ盗難保険をかけるようにすれば、命を失ってまで金品を守らなくてすみ、安心した生活ができるではないか。

警備うけおい会社は、当社には優秀な人員がそろっており、依頼を受けたからには、いかなるビルも会社もこの種の被害を受けないだろうと主張した。

警報器のメーカーは大きな広告を出し、絶対に故障せず、破壊されることのない品を説明した。一家に一つは必要、二つなら申し分ないと。

話題はひろまり、事件のさわぎは下火にならなかった。ある通行人は逃走中の車らしいのを撮影したと、フィルムを新聞社に持参した。たしかにスポーツカーがうつっていた。夜間に高速で走る車をとったのにかかわらず、わりとよくとれていた。もっとも、乗っている者の顔ははっきりせず、逮捕の役にはあまり立ちそうになかった。

カメラ会社は、性能がよく使用法が簡便なため、このような写真がとれたのだとの例証にし、フィルム会社は高感度を誇った。スポーツカーのメーカーはパトカーでさえ追いつけなかったと、それとなくほのめかした。

警察はあわてて反論し、パトカーの無電がなにものかに妨害されたためだと発表した。警察の装備は古くなっており、最新式のものをそろえる必要がある、また人員も不足であり、このさい予算増額のために一般の理解と支持が欲しいと訴えた。

ラルフ宝石店の爆発でも割れなかった商品ケースのメーカーは、わが社の強化ガラスのためだと言った。

また、その爆弾は某国製の手榴弾《しゅりゅうだん》だったのではないかと、政府を追及して名をあげた代議士もあった。

そのほかいろいろあったが、みなそれぞれ効果をあげたらしかった。事件という現実の問題を例に説明されると、頭にもよく入る。世の中に活気がみなぎりはじめた。

何日かして、青年は例の大きな家に出かけた。ボスは封筒を渡した。

「これは月給だ。領収書はいらない。税金の申告もしなくていい。安心して使ってくれ」

青年はなかをのぞいた。

「ずいぶんあるんですね。みんなにこんなに払ったら、このあいだ盗んだ現金では、足りなくなるんじゃないでしょうか」

「心配するな。これは本部からの金だ。盗んだ現金は、交通事故犠牲者救援資金にでもと、ある新聞社に匿名《とくめい》で寄付した」

「あ、新聞に大きく出ていたのがそれですね。ぶっそうな事件といい対照で、評判になっています。それがきっかけとなり、交通事故問題への議論も熱がはいりはじめたようです。しかし、もったいないような気も……」

「あんな金額は、ミダスの資金にくらべればわずかなものだ」

青年はあらためて感心した。

「そういうものですかね。それはそうと、あの人質にした女、たちまち有名になって、連続ドラマの主役になりましたね。これから、うまくやっていけるのでしょうか」

「やれるだろう。素質に恵まれながらチャンスがなく、芽が出ないでいたタレントだ」

「それを知ってたのですか」

「ああ、プロデューサーの名をかたって電話し、あの時間に呼び出し、あの場所に待たせておいたのだ」

「彼女もミダスの団員なのですか」

「それは言えぬ。また、わたしにもわからない。上からの指令にあっただけだ。ミダスの組織がどこまで広がっているかは、本部だけが知っていることだ」

「すると、これでPRの効果をあげた企業、視聴率をぐっとあげたテレビ局、売上げをました週刊誌、それらのなかには当然いるんでしょうね」

「そこは極秘だ」

ボスは首を振ったが、青年にはしだいにしかけがのみこめてきた。

「これが陰謀団ミダスの使命だったのですね。資金の出所の想像もついてきた。驚きました。これはひどい」

「ひどいことはないだろう。だれも損はしていないではないか。世の中に活気がうまれ、需要がうながされ、消費が高まる。景気が徐々に上昇することにもなる。戦争なしで景気をもたらすには、これ以外にない。それとも、戦争のほうがいいかね」

「とんでもない。ミダスの方針に賛成です。いかなる犯罪も戦争よりはましです」

「早くいえば、われわれは平和を保つ社会運動に従っているのだ。ミダス王の手のごとく、なんでもないものを黄金に変え、人びとにつくしている」

「そういえばそうですね……」

青年は感にたえたように、大きなため息をついた。ボスは満足し、小さな声で言った。

「じつはこのあいだ、本部に報告に行った時、研究室をちょっとのぞかせてもらった。驚くべきことが、いろいろと進行中だったが、そのひとつ、ナイロンやプラスチックをくさらせるバクテリヤが完成寸前だった。そのうちばらまかれ、新聞をにぎわせるだろう」

「そんなもの、なんの役に立つんですか」

「わかりきったことだろう。それだけ消費がふえるわけだ。工場や販売店はそれだけ忙しくなり、失業者がへる。また、そのバクテリヤの消毒液を研究する人も出て、新しい産業に成長することだろう。その過程で副産物として、人間に有益な医薬が開発されるかもしれない。かくして科学技術は進歩し、金まわりもよくなる。意義のある仕事ではないか」

「しかし、万一、団員のだれかが逮捕され、口を割りそうになったらどうするんです」

「その点も気にするな。その寸前に国外に脱出させ、犯罪者引渡し協定のない外国で、ほとぼりのさめるまで遊ばせてもらえる。なんの心配もせずに大いに働いてくれ」

「はい……」

青年はうなずいて帰宅したが、どことなく、なっとくできないような気分だった。気がとがめてならない。盗みならまだ許せるが、こう大がかりに人びとをだますのは、大変な悪事なのではないだろうか。頭があまりよくないのでわからないが、これを発表すれば、学問のある人が批判してくれるだろう。

青年は自首することを考えた。良心の苛責《かしゃく》もあったが、最高の時の人となれるのではないかとも思ったからだ。宝石店の宿直員、人質からタレントになった女などより、はるかに人びとの注目をひくはずだ。なにしろ、陰謀団ミダスから脱出した本人が告白するのだ。彼らの復讐《ふくしゅう》からは、大衆が守ってくれるだろう。さぞいい気分にちがいない。青年は英雄になった自分を夢み、ひとりで興奮した。

青年は百科事典をひき、ミダス王の項目を調べた。インタビューの時に答える話題を用意しておかなければならない。そこには、黄金に変える才能を授かった王の伝説とともに、もうひとつの伝説ものっていた。

神のいたずらで耳を大きくさせられてしまったのもミダス王だったらしい。ずきんをかぶったものの、床屋だけはごまかせない。床屋はその秘密をしゃべりたくてたまらず、穴のなかに「王さまの耳はロバの耳」と叫んだという。

青年はこの知識を得て、大いに喜んだ。自分をこの床屋になぞらえて話せば、視聴者にもよくわかるだろう。

青年はテレビ局を訪れ、社会報道部のおえら方に面会し、あらいざらい打ちあけた。相手はうなずいて聞いていたが、ちょっと席をはずした。そして戻ってきた時には、三人の白衣の男といっしょだった。

青年は連れ去られ、病院に入れられた。そこが神経科の病院であることもまもなくわかった。どうやら当分は出してもらえそうにない。

しかし、テレビの画面に出たいという青年の期待は、妙な形で少しだけかなえられた。そのテレビ局の「現代の犠牲者たち」というドキュメンタリー番組に、彼をうつしたフィルムが少しだけ使用されたのだ。そのあと、医者が深刻そうな顔で、このような解説をつけ加えた。

「この患者は、自分はなんとかいう陰謀団に属し、驚くべき悪事に手をかしたと信じこんでいるのです。パラノイアという症状で、固定した妄想が特徴です。つまり、常識では考えられないようなことを、巧妙につじつまをあわせて体系化し、それを信じてしまうのです。社会の複雑化にともない、これからもふえることでしょう。ここで、わたしは心から訴えたいのです。この分野の研究に思いきった額の資金と、みなさんの理解がそそぎこまれることを。また、この分野の関係者たちの待遇が、一段と高められることを……」

さまよう犬

犬の夢を見る。これだけなら、夢占いに熱中している人はべつとして、とくにどうということもない。しかし、その若い女の場合は少しちがっていた。たびたびその夢を見るのだったし、また、現れる犬がいつも同じだったのだから。

その犬は、広い野原や静かな水辺を、あてもなくさびしげにさまよっている。時には、いらいらした表情を示すこともあったし、急ぎ足でかけていることもあった。その動作には、なにかを求めてさがしまわっているような感じがあった。

最初のうち、女はちょっとこわかった。わけもわからない犬が、なぜこうたびたび夢に出てくるのか、ふしぎでならなかったのだ。

しかし、日がたつにつれ彼女は、その犬が好きになりはじめた。なにをさがしているのかはわからないが、できるものなら手伝ってやりたいような、なぐさめてあげたいような気持ちになったからだ。

夢のなかで、彼女は呼びかけたり、手まねきしたりしてみる。だが、犬はそれに気づくことなく、やはりなにかをさがして歩きつづけている。彼女はあせりに似た感情をおぼえ、それは目がさめてからも残るのだった。

やがて、彼女は恋をし、結婚した。

それとともに、あの犬は夢にあらわれなくなった。なぜ消えてしまったのかしら、と思うこともあったが、それ以上には考えなかった。現実の幸福のなかでは、そんなことは、もうどうでもよくなってしまったのだから。

そんなある日、夫がなにげなく言った。

「変な話だけど、ぼく、結婚前には、妙な夢をよく見たものだったよ。それが、このところ、ちっとも見なくなってしまった」

「それ、どんな夢だったの」

「話したら、笑われるような夢さ。自分が一匹の犬になって、広い野原をなにかを求めてさまよっているんだ……」

女神

道子はずば抜けた美人ではなかった。といって、決してみにくいわけでもなかった。個性的で、悪くない容貌《ようぼう》なのだが、本人はそれで満足しないのだった。

「あなたの口もと、とってもチャーミングね」

と言ってくれる友人も多い。友人は本気でほめてくれるのだが、道子はそれを信じなかった。チャーミングではいけないのだ。美人でなければならないのだった。

肌は陶器のように白くなければならない。鼻はもっと高く形よいものでなければならない。目はもっと大きく、まつげももっと長くなければならない。手の指は、もっとほっそりとしていなければならない。

つまり、雑誌にのっている内外のスターやモデルの、いいところばかりをよせ集めた美人。それになりたいと道子はあこがれていたのだ。

もちろん、そんなことの出来るわけはない。しかし、彼女はあきらめることが出来なかった。ひまさえあれば鏡をのぞき、そして、つまらなそうにため息をつく。自分の顔が、理想とはなはだしくはなれているからだ。

道子は人形をひとつ持っていた。フランス人形だった。大きく、美しかった。スタイルもよく、表情も上品にととのっていた。

この人形を、道子はいつも自分の部屋に飾っておいた。時どき、やさしく抱き上げ、そっと頭をなでてやったりする。自分の持っていない美しさを、この人形がそなえているからだ。あこがれの気持ちにかられるのだ。

また、時どき、強くたたいたりする。自分の持っていない美しさを、人形がそなえているからだ。嫉妬心《しっとしん》のはけ口にしてしまうのだ。

この気まぐれの動作がくりかえされるのだった。しかし、どう扱おうと人形は人形であり、笑ったり泣いたりはしない。ただ美しい顔をしつづけるだけだった。


ある夜、道子はふと目をさました。そして、それがとなりの部屋からの声のためであることに気がついた。

はじめ、彼女は泥棒でもはいったのかと思って、こわくなった。しかし、よく考えてみると、泥棒のはいりにくい部屋だ。そこには彼女の机や本箱があり、そう金目のものはおいてない。人形ぐらいなものだ。それに、泥棒なら声をたてるわけがない。

また、その声は女の声であり、言葉ははっきりしないが、やさしい調子を帯びている。どうやら、泥棒ではないらしい。道子は少しほっとした。しかし、それも長くはつづかなかった。だれもいない部屋から、声などしてくるわけがない。あの人形しかおいてない部屋だ。とすると……。

道子は恐怖を感じた。人形が口をきいているのではないかと思ったからだ。しかし、なんのために人形が声など出すのだろうか。いままで、こんなことは一度もなかったのに……。

とても眠るどころではなかった。彼女は好奇心をおさえきれなくなり、起き上がり、おそるおそるとなりの部屋をのぞいた。

そして、口をきいているのは、やはり人形でなかったことを知った。しかし、声は存在していた。だれか見知らぬ女の人が、人形にむかって話しかけているのだ。道子は思わず声をかけてしまった。

「どなたですの、あなたは」

すると、立っていた女の人がふりむいた。年齢はよくわからないが、身のまわりに高貴なやさしさがただよい、どこか普通の人とちがうところがあった。ゆっくりと答える声も、耳なれぬ響きを帯びていた。

「あたしは女神」

澄んだ美しい声で、いかにも女神にふさわしい感じがした。道子は部屋のなかを見まわしたが、侵入したような形跡はどこにもなかった。ほんとうに女神なのかもしれないと思えた。

「それで、ここへなににしにいらっしゃったの」

「このお人形をなぐさめにによ。時どき、いじめられてるようだからよ……」

それを聞いて、道子は赤くなった。そんなことまで知っているのなら、女神にちがいない。あたし以外に、だれも知らないはずのことなのだ。

「だって、あたし……」

道子は弁解しかけたが、どう言ったものか迷った。女神はそれをさえぎって言った。

「いいのよ。お人形はそういうものなのだから。人間の勝手さを引き受けるよう、運命づけられているものなの。それで、あたしがなぐさめにまわっているのよ」

女神は、とがめようとはしなかった。それを聞いているうちに、道子は思いついた。せっかく、ここで女神にお会いできたのだ。こんないい機会はのがせない。彼女は思いきって言った。

「あの、お願いがあるんですけど……」

「出来ることと出来ないことがあるけど、おっしゃってごらんなさい」

「あたし、美しくなりたいの。いまよりずっと美しくなりたくてしようがないの。このお願い、かなえていただけないかしら」

「いまのままでチャーミングよ」

「それじゃいやなの。もっときれいになりたい。そのことだけを思いつづけているのよ。だから、お人形をいじめたくもなるんだわ。ぜひ、かなえていただきたいの……」

「そんなにお望みなの……」

「ええ、死ぬほど思いつめているのよ……」

道子の熱心な願いに、女神は負けた。

「じゃあ、かなえてあげるわ。あしたの朝、目がさめたら、願いのとおりになっているようにしてあげるわ」

「ほんとうなの……」

道子は感激の声をあげた。

「もちろんよ……」

そして、女神はどこへともなく消えた。あとには人形が残っているばかり。道子は夢だったのではないかと思った。しかし、夢にしては、はっきりしていた。女神の声も、あざやかに耳に残っている。彼女はあすの朝の変化を期待しながら、眠りについた。


明るさのなかで、道子は自分に気がついた。奇妙な目ざめだった。いつもの自分のベッドではない。それに、立っている。そして、さらに奇妙なことには、手足がまるで動かないのだ。首も口も目も動かなかった。

どうしたのだろう。ここはどこなのだろう。

彼女はまず、それを確かめることに努力した。そして、ここがデパートのなからしいことに気づいた。

洋服売場らしかった。まわりには、いろいろなマネキン人形が並んでいる。どれも色とりどりの、すてきなデザインの服をつけている。

それらのことから考えて、自分もマネキン人形のひとつらしいとわかった。

それはすぐ確かめられた。少しはなれたところに大きな鏡があり、そこに自分の姿がうつっている。あれがそうなのだわ、と道子は驚きながら思った。

白い肌、形のいい鼻、大きな目、ほっそりとしたスタイル。いつも自分で夢みていたとおり、いや、それ以上だった。また、身につけている服はすばらしかった。首には大粒のパールのネックレスがあり、手には高価なハンドバッグ、足には流行の型のくつ。なにもかも申しぶんないことだった。

だが、マネキン人形ではしようがない。「いやだわ、助けて」と声をあげようとした。しかし、いかに努力してもだめだった。逃げようにも、からだは少しも動かない。道子は悲しくなった。しかも、救いを求める方法は残されていないようだった。

そのうち、デパートが開店したらしく、お客たちがはいってきた。道子の前を何人もの人が通る。多くの人は足をとめ、彼女をみつめる。あたりのマネキン人形のなかで、とくにきわだっているからだった。

女の人も、男の人も、うっとりとした目つきで眺める。そして、驚きと賛美のまざった声で、いろいろと話し合うのだった。しかし、道子はそれを喜んだりするどころではなかった。多くの人から美しさをほめられるのは、いつも望んでいたことだ。でも、こんな形でではたまらない。なんとかして自分が人間であることを知ってもらいたい。助けを求めようと努めた。

しかし、声は出ず、からだも動かない。あせっても汗は出ず、悲しくなっても涙は流れてくれなかった。

どうしてもだめなのだ。考え疲れ、あきらめかけたとき、男の店員たちが前に来た。彼らの話しあうのが聞こえてきた。

「このマネキン人形はできがよすぎる。美人すぎるようだな」

「ああ、そのため、まわりとの調和を乱している。また、お客は人形の顔ばかり見て、商品のほうを見てくれない。これでは逆効果だ。これは捨てて、普通のにとりかえよう」

それを耳にしながら、道子は心のなかで叫んだ。

「そんなこと、しないで。あたし人間なのよ」

だが、もちろん通じはしない。ああ、これで終りなのだ。つまらないことを望んだばかりに、こんなことになってしまった。もう、後悔しても手おくれなんだわ……。

やがて、夕方になり、閉店となった。デパートのなかは暗くなり、おそろしいほどの静けさがみちてきた。さびしさと、孤独と、不安のなかにとり残されてしまった。捨てられるのはいつなのだろう。

道子は心のなかで、かん高い悲鳴をあげた。聞く人もない、反響すらしない悲鳴だった。だが、叫ばずにはいられなかったのだ。

そのとき、どこからともなく女神が現れた。そして言った。

「どう、ご感想は……」

やさしい口調だった。道子はすがりつくような気持ちで祈った。

「もう、いや。早くもとへもどして。自分がどんなにばかだったか、よくわかったわ。助けて、助けて……」

女神はうなずいた。女神にはそれが通じるのだった。

「じゃあ、お眠りなさい。こんど目がさめれば、もとの姿になっているわ」

「ありがとう」

道子は心から感謝した。しかし、女神と別れる前にひとつだけ聞いておきたいことがあった。それを質問した。

「教えていただけないかしら。やさしい女神なのに、なぜ、こんないじの悪いことをなさったの。あたし、こんなに苦しい一日を味わったことはなかったわ」

女神は消えながら、ちょっと困ったような表情で答えた。

「でも、これはしかたがないの。女神は女神でも、あたしは人間のための女神ではなく、お人形たちの女神なんですもの……」

海のハープ

亜紀子は午後の海辺に、ひとりたたずんでいた。彼女は二十歳。都会に住んで、平凡だが楽しい毎日をおくっている。

しかし、いまはちょっと沈んだ気分だった。なぜなら、きのう、つまらないことが原因で恋人と口論をしてしまったのだ。いらだちと悲しみと反省のまざった、どうしようもない気持ち。その気ばらしのために、きょうは休みをとり、この海辺へとやってきた。

岩の多い海岸だった。波が砕けてこころよい音をたてる。夏ならばけっこう人でこみあうのだが、いまはシーズンオフ。村の子供たちがはしゃぎまわっている程度だった。

亜紀子は岩の上に立ち、海を越えてくる潮風を吸った。すがすがしかった。

「あら、あれはなにかしら」

亜紀子は岩かげに、なにか光るものを見つけ、声をあげた。しぶきで服をぬらしながら、彼女は身をかがめ、手をのばして拾いあげてみた。

それは異国風の小さな楽器だった。銀のような金属でできていて、ハンケチでこすると、よごれがとれて静かに光った。

「ハープとかいう楽器のようね。だけど、どうしてこんなところに……」

その点は考えてもわからなかった。だれかが落していったとも思えない。亜紀子は考えるのをやめ、弦に爪《つめ》を当ててみた。それは美しい音をたてた。波のうねりにも似た、ふしぎな余韻をただよわせる。遠いむかしから響いてくる音のようでもあり、深い海の底からわきあがってくる音のようでもあった。

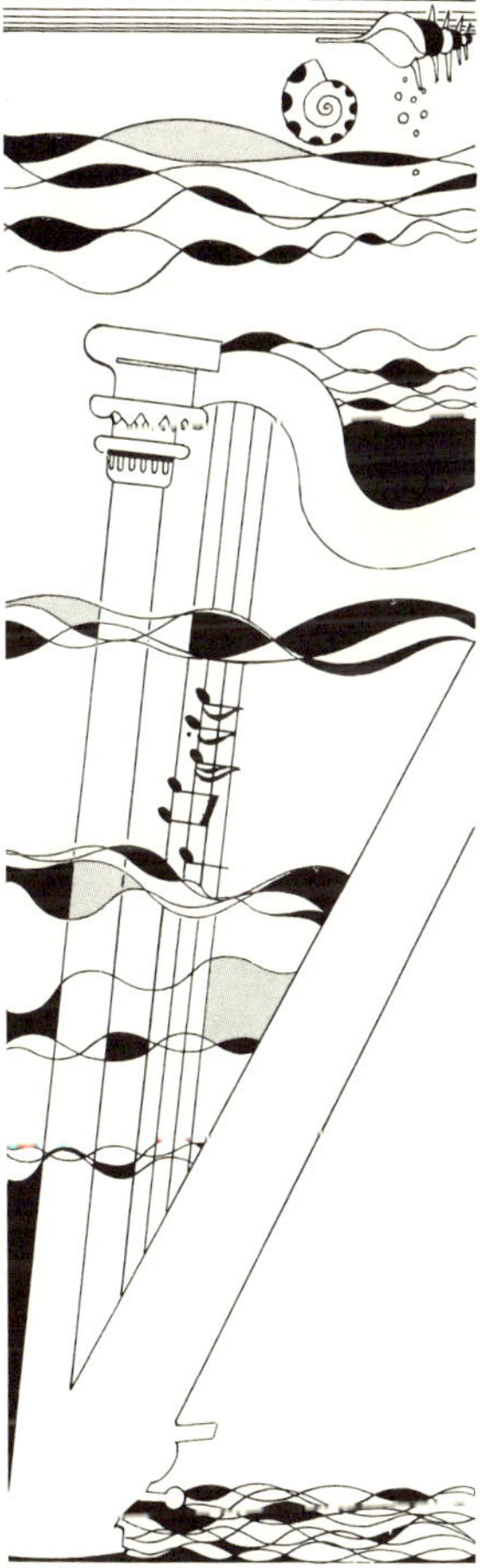

亜紀子は何度も音をたて自分で耳を傾けていた。しかし、ふと気がつくと、いつのまにか、そばに数人の男の子が立っていた。さっき、あたりではしゃぎまわっていた子供たちだ。珍しい音を聞きつけてやってきたのかしら。彼女はその望みをかなえてあげようと、さらにハープを鳴らしつづけた。

ふしぎなことに、男の子たちは、みな夢みるような目つきで、彼女を見つめている。そのうち、亜紀子にむかって愛の言葉をささやきはじめる。まだ子供だというのに……。

亜紀子は驚いてハープの手を休めた。しばらくすると、男の子たちは、なにごともなかったかのように、彼女のそばをはなれていった。そして、もとの場所で声をあげて追っかけっこをはじめた。ふつうの子供の遊びにもどったのだ。

彼女は手のハープを、あらためて見なおした。いまの現象は、これと関連があるようね。彼女はあることに気がついた。浜で遊んでいた子供たちのなかには女の子もいたのに、やってきたのは男の子ばかりだった。

「きっと、これは海の妖精《ようせい》のハープ。男を引きつける音色を出すのじゃないかしら。そのハープが波で、この岩かげに打ち寄せられたのかもしれないわ」

そんな力を本当にそなえたハープなのかどうかは、ためしてみればわかることだ。

しかし彼女は、ここで鳴らすのはやめた。鳴らしても、さっきの男の子が集ってくるだけだろう。

亜紀子はそれを自宅に持ち帰った。近くの公園を散歩しながら、注意して鳴らしてみた。やはり、ハープは想像したような力をそなえていた。海流に乗った船のように、男は音に魅せられて引きつけられ、彼女に愛をささやいてくれるのだった。

「夢のような力だわ」

しかし、その使い方になれるまで、いくらか日数がかかった。人ごみのなかで鳴らしたりすると、まわりをかこまれ、時ならぬ混乱がおこってしまう。

また、不用意にかなでると、好ましくない男性まで、あつかましく近よってくる。時によると、同伴の女性を振り切って亜紀子のそばへ来るので、その女が怒ったりした。しかし、さわぎが大きくなることも、困ることもなかった。ハープをひくのをやめれば、まもなく離れていってくれるのだから。

しばらくやっているうちに、亜紀子はハープを使うこつを身につけた。すてきな男性のそばに寄り、その人の耳にだけ入るぐらいの大きさでかなでればいい。そうすれば、その男性はたちまち亜紀子に熱をあげてくれるのだった。

「すばらしいことだわ。これさえあれば、どんな男性もあたしの自由になるんだから」

それからの日々、ゆっくりとハープをかなでる亜紀子のそばには、いろいろな男性がはべるのだった。高級車を持った青年もあったし、すぐれた才能の画家もあった。一流の俳優もあったし、お金持ちの紳士もあった。

彼らは亜紀子に、さまざまなものをささげた。美しい宝石、高価な香水、最高級の料理、かおりの高い花束、愛のこもった詩、そのほか、あらゆる品々が集るのだった。亜紀子は夢のような毎日を、幸福感に酔いながらすごした。

ある日、亜紀子はかつての恋人のことを思い出した。いつか口論をしてしまってから、ずっと会っていない。久しぶりで会ってみようかなと、気まぐれで考えてみたのだった。このハープを使えば、きっとむこうからやってくる。

彼女は電話をかけた。ハープを鳴らしながら電話で話すと、彼もまた急いでかけつけてきた。そして、ほかの男たちと変りなく、彼も愛をささやいてくれた。

亜紀子はなんとなく、むなしさを感じはじめた。その原因は、考えてみるとすぐにわかった。だれもがあたしに対して、熱心に愛をささやいてくれる。だけど、本当はあたしに対してでなく、このハープの音に対してなのだ。だから、ひくのをやめると、みんな、なにごともなかったかのように帰っていってしまう。

そう思うと、亜紀子はハープを鳴らす気がしなくなってしまった。結局あたしはひとりぼっちなのだわ。愛のささやきも、おくり物の品々も、みなうその上にのっていたのだわ。

しかし、ハープが音をたてなくなったのに、彼は帰らずにそこにいた。亜紀子はそっと聞いてみた。

「あたしのこと、好き……」

「ああ、ずっと前から、少しも変らずに好きだよ」

しばらくの時間がたってから、彼女はまた聞いた。

「あたしのこと、好き……」

「ああ、愛しているよ」

「じゃあ、これから海岸へいって、ボートに乗りましょうよ」

ふしぎがる彼とともに、亜紀子はいつかの海岸へ行った。そして、ボートへ乗った。沖へ出た時、彼女は持ってきたハープを海に投げこんだ。彼は聞いた。

「もったいないような気がするけど、どうして捨てちゃったんだい」

「あんなもの、ないほうがいいのよ。それに、あたしのものじゃないの。もとの持ち主にかえしてあげたのよ」

ねらった弱味

かくすよりあらわるるはなし。昔からのことわざである。内心をかくそうとすればするほど、外見が目立つものだ。

だから、不正な切符や定期券を使って、改札口を突破しようとしても、たいていは発覚し、つかまってしまう。神業のようなことだが、駅員が目で小さな活字を、いちいち調べているのではないのだ。そんなことをしていたら、目と神経とがまいってしまう。乗客の動作のほうを観察しているのだ。

そわそわしているような、びくびくしているような感じの人間に注意し、その者の券だけを特に入念に調べればいい。そこに、不正の証拠が、発見されるのを待っているというわけだ。職業がら身についた勘といえよう。

警官の場合も同じことだ。犯人というものは、挙動不審という動作で歩きまわることになっている。すなわち、わざわざ人目をひいているようなもので、これまたつかまってしまう。

これを逆に考えれば、悪の意識を少しも持たずに犯罪をやれるなら、逮捕される率がぐっと減り、完全犯罪に近いものが可能といえる。しかし、まあ正常な人間にはできないことだ。だからこそ、ことわざなのであろう。

おれもまた、この種の能力、つまり心に弱味を持つ人間を見わける鋭い能力にめぐまれている。といって、刑事でもなければ、万引防止の監視員でもない。

いまは無職だが、かつて学校の先生をしていたことがある。教師として特に優秀だったわけでもないが、試験の時に学生のカンニングを発見するのが名人だった。生れつき、そんな素質があったのだろう。

教壇の上から眺めていて、おかしいな、とぴんとくる学生の席にそっと歩いてゆけば、ほとんどといっていいほど、そこでおこなわれていた。また、証拠が発見できなくても、居残りを命じてそれとなく追及すると、必ずといっていいほど全容を自白する。

しかし、ある時「見のがして下さい」と泣きつかれ、差し出された金銭を受取ったのが運のつきとなった。しばらくは順調で、いい金もうけになったのだが、カンニングをしたことのない学生がかぎつけた。嫉妬《しっと》したのであろう。問題にされ、職を失ってしまった。

こうなると、あまりまともな職にはつけない。警察あたりで、おれのような人間をやとえば役立つのにと思うが、そうもいかないらしい。いっそのことと、それ以来、悪の道にはげむようになった。

おれはこの能力をさらに伸ばし、みがきをかけ、こんなふうに活用している。たとえば……。

おれは夕ぐれになると街を歩き、バーに入る。軽く酒を飲みながら、ひとわたり見わたす。そして、適当な人物が見あたらなければ、そのまま引きあげる。

しかし、その日はいた。不良製品が、熟練した検査員の目をのがれられないのと同じことだ。

カウンターの席にもたれ、酒を飲んでいるひとりの青年がそれだった。いらいらし、落ち着きがなく、絶えずなにかにおびえている。酒を急ピッチで飲んでいるのは、それをまぎらそうというためなのだろう。だが、罪の発覚を恐れる不安は、いかに酔っても決して消えないものだ。それなのに、青年はしきりとグラスを重ねている。

おれは獲物に迫る猟犬のように、舌なめずりをしながら青年のそばに近よった。

「おい」

と声をかけ、肩をたたくと、案のじょう青年はびくりとした。ふたをあけたビックリ箱のように飛びあがり、意味のない短い叫び声をもらし、目を見開き、酔いかけていたのがいっぺんにさめ、青白い顔になった。

いや大変な反応だ。すねに傷もつ人間であることはまちがいない。おれはその呆然《ぼうぜん》とした状態を見きわめ、すかさず言い渡した。

「ひとつ、二人きりでお話ししましょう」

すみのほうのあいているテーブルの席に移ると、青年は糸で引っぱられるようについてきた。やましい点のない人間なら、こう従順になるわけがない。おれは確信を強め、椅子《いす》にかけた青年に話しかけた。

「どうだね。きみは自分のやったことを、自首してすなおに話すべきなのじゃないかな」

青年は激しく震えだした。からだばかりでなく、声も。

「そ、そうかもしれません。おっしゃる通りです。しかし、ぼくにはとてもできません。つかまり、話題にされ、裁判にかけられ、刑務所に入れられることを想像すると、たまりません。そんなふうに一生がめちゃめちゃになるのかと考えると、死んだほうがましです」

自分のほうから、刑務所入りになるような犯罪をおかしたことを告白してくれた形だ。おれは大きくうなずいて言った。

「そうはいっても、死ぬ気にもなれないのだろう」

「そ、そうなんです。で、いったい、あなたは警察のかたなんですか……」

青年は声をひそめ、おどおどした口調で質問してきた。おれはゆっくりと首を振った。

「いや、そうではない」

「それでしたら、見のがして下さい。なんでもいたしますから……」

青年は必死の表情で哀願した。おれはいい気持ちだった。ちょっとした収穫にありつけそうだ。よほどのことをしたらしい。ひき逃げだろうか。婦女への暴行だろうか。あるいは、もっと手のこんだ犯罪だろうか。その点はわからない。しかし、おれは万事を知りつくしているのだぞという口調で言った。

「きみに自首する勇気がないのなら、かわりに警察へ報告してあげてもいいんだよ」

「ああ、お願いです。それだけはやめて下さい。ぼくは自由の身でいたいんです。あなたのためなら、どんなことでもいたします」

青年はひきつったように泣きわめいた。涙も出ている。芝居ではあるまい。ずいぶん薬がきいてきた。そこを見きわめ、おれはゆっくりと言った。

「それほど言うのなら、考えておこう」

青年はほっとし、聞いてきた。

「あ、ありがとうございます。助けて下さるわけですね。しかし、どんなふうに考えていただけるのでしょう」

「それについては、今夜ゆっくり考えることにする。明晩、またここで会おう」

「はい、そういたします。なにぶんよろしくお願いいたします」

青年は三拝九拝した。いくらか不安げだったが、いずれにせよ一難はまぬかれたので、さっきよりは元気になっていた。おれはテーブルを立った。

その帰り、おれは青年のあとをつけた。自宅をたしかめ姓名を調べるためだ。また、つぎの朝は少し早目に起き、青年の自宅の近くで待ちかまえた。出勤のあとをつけ、つとめ先の会社を知るためだ。これで第一段階が終ったことになる。

夕方になり、約束のバーで待っていると、青年がやってきた。どんな要求を持ち出されるのか、気になってならない様子だ。こわごわ細い声でおれに聞いた。

「お考えは、どのようにきまったのでしょうか」

「たしか、なんでもすると言ったな」

「はい。どんなご命令にも従います。しかし、金銭を要求されては困ります。金さえあれば、こんなことに……」

どんなことかはわからないが、おれは飲みこみ顔で言った。

「わかっている。おれはきみをいじめたいのではない。同情しているのだ。弱味につけこんで、恐喝まがいのことはやらない。助けてあげようと思っているのだ」

「ありがとうございます。で、なにをしたらよろしいのでしょう」

「これから話す。しかし、他言したら、きみのことも表ざたになると思え」

「承知しております」

青年はかしこまった。ひとを動かす最大の道具は、人徳や威厳や報酬などではない。弱味につけ入ることだ。おれはおごそかに言った。

「じつは、きみの会社に強盗に入るつもりだ。その手引きをしてもらいたい」

「なんですって……」

「そうあわてることはない。ただでやってくれというわけでもない。成功したら、分け前は払う。きみだって、まとまった金さえあれば……」

おれは同意をうながすように笑いかけた。金銭は便利なものだ。たいていのことは解決してくれる。金で解決できない事件の場合も、逃走や潜伏の役に立つというものだ。

「なるほど……」

青年はうなずいた。断われば身の破滅になってしまう。

「どうだ、この計画は。よく考えてみろ。きみにはなんの関係もない。うまく工作しておけば、被害者のような顔をしていられる。もっとも、いやならいいし、また裏切るつもりでもいい。ただし、その場合は……」

「わかってますよ。いいでしょう。思い切ってお手伝いしましょう」

答えはこうなるにきまっている。これで第二段階の準備も終った。

数日後、バーにいると青年が連絡にやってきた。まとまった金が会社にある日時を知らせてきたのだ。彼はつけ加えて言った。

「その時は、ぼくと同僚とが居残る予定です。あなたが押入った時、同僚が手むかいしないよう、ぼくが制止しましょう」

はらをきめたらしく、青年は協力的だった。そうこなくてはいかん。

「よし。たのむぞ。こっちも二人で乗り込む。やりそこなうことはないだろう」

「あとで八百長《やおちょう》と思われては困りますから、ぼくを適当にひっぱたいて下さい」

「いいとも。分け前は、すんでから二日後にこのバーで渡す」

それから、おれたちは細かい打合せに移った。

かくして、いよいよ最終段階。

おれは仲間をひとり連れ、青年の会社に侵入した。内部の間取りも青年から聞いているから、まごつくことはない。めざす金庫のある部屋に行くと、話の通り青年と同僚の二人だけだった。

「さあ、おとなしくしろ」

おどかしたとたん、二人とも震えあがった。青年は芝居で、同僚のほうは本心から。

青年は同僚を制止してくれた。

「手むかいしては危険だし、勝てそうにない。言われた通りにしよう。金庫をあけてやろう」

会社の金のために命を落してもつまらない。そう気づいたためか、同僚は金庫をあけた。おれは命じた。

「よし。あり金の全部を渡せ」

「そこにあるだけです」

と青年は言い、おれはそれを用意のカバンにつめた。

「いいか、あとを追ったりすると、ただではすまないぞ」

引きあげる時、おれは思い出して、青年を思いきりひっぱたいた。青年に手引きの疑いがかからないようにしてやらないと気の毒だ。これで、なにもかもうまくいった。おれと仲間は、無事に帰りつくことができた。

二日後。おれは約束どおり、青年に分け前を渡すべくバーに行った。しかし、青年はなかなかあらわれない。金が欲しくないはずはないのに……。

やがて、あらわれた。しかし、青年ではなく、警官があらわれたのだ。おれは逮捕され、連行されてしまった。なんでこんなことになったのだろう。

署に着くと、警官はおれにこう言った。

「おまえを逮捕できたのは、あの会社の青年の協力のおかげだ。あれ以来、覚えた人相をたよりに、街をさがし歩き、このバーにいるのを見つけ、連絡してくれたのだ」

手引きした青年のことらしい。しかし、見つけたものだ。待ち合せる約束の場所だったのだから。だが、こうなると、やつの手引きだと主張しても、信用されそうにない。手引きした者なら、成功後に分け前ももらわず、裏切るわけがないのだ。

それにしても、どこでやりそこなったのだろう。あの青年は、表ざたになっては困る弱味の持ち主のはずだ。だからこそ、おれに従ったのだ。弱味を暴露されてもいい決心が、どこからうまれたのだろう。良心にめざめたためだろうか。

しかし、そのうち、それが判明した。取調べが進むにつれ、おれの奪った金が、会社の申告した被害金額よりずっと少ないことがわかった。

青年が発覚を恐れてびくびくしていた秘めた犯罪は、会社の金の使い込みだったらしい。それを巧妙に準備し、全部こっちに押しつけてしまいやがった。いまごろは、さぞ涼しい顔をしていることだろう。しかし、そんなことを主張してみたところで、だれも信じてくれないにきまっている。

鍵《かぎ》

その男の人生は、とくに恵まれたものとは呼べなかった。いままでずっとそうだったし、現在もまたそうだった。といって、食うや食わずというほど哀れでもなかった。

こんな状態が、いちばんしまつにおえない。なぜなら、恵まれていれば、そこには満足感がある。哀れをとどめていれば、あきらめの感情と仲よくすることができる。しかし、そのいずれでもない彼の心は、ひでりの午後の植物が雨を求めるように、いつもなにかを待ち望みつづけていた。

そんなわけで、注意ぶかくなっていたためかもしれない。男はある夜、道ばたでひとつの鍵を拾った。人通りのたえた静かな路上。薄暗い街灯の光を受けて、それはかすかに輝いていた。

男は手にとり、ただの鍵と知って、ちょっとがっかりした。こんなものなら靴の先でけとばし、通りすぎてしまってもよかったのだ。しかし、拾ってしまうと捨てるのもめんどくさく、それをポケットに入れた。したがって、わざわざ交番へとどける気にならなかったのは、いうまでもない。

数日たって、男はポケットに入れた指先で鍵のことを思い出した。退屈まぎれに手のひらにのせ、あらためて眺めた。

明るいところで見ると、どことなく異様な印象を受ける。ありふれた鍵とは、形が大いにちがっていた。ほどこされている彫刻の模様は、異国的なものを感じさせる。だが、異国といっても、具体的にどの地方かとなると、まるで見当がつかなかった。その点、神秘的でもあった。また、わりと新しいようでもあり、遠い古代の品のようにも思えた。いくらか重い銀色の材質だったが、なんでできているのかわからない。硬い物でたたくと、すんだ美しい音がした。

なにかすばらしく価値のあるもののように思えてきた。男はここ数日間の新聞をくわしく読みなおしてみた。しかし、貴重な鍵を紛失したという記事も、拾い主を求むという広告ものっていなかった。

どこか金持ちの邸《やしき》の鍵かもしれない。こう男は想像した。市販している普通の鍵を持ちたがらない人だってあるだろう。そんな人が金にあかせて特別に作らせた鍵ではないかと考えたのだ。

これを使えば、留守宅に忍びこんで、金目のものを持ち出すことができるかもしれないな。最初は軽い気持ちで思いついたにすぎなかったが、しだいに形をとってきた。侵入した時に見とがめられたとしても、拾った鍵をおとどけに来たのだと言えば、いちおうの言い訳にはなる。鍵の落し主をたしかめるためには、それであけてみる以外にないのだから。

うまくいけば収穫は大きく、失敗しても危険は少ない。男はその計画を実行に移しはじめた。鍵を拾ったあたりの家々を手はじめに、いくつもの立派な邸宅の玄関に近より、ひそかに試みた。

時にはその行為をみつけられ、怒られることもあった。しかし、鍵が合うかどうかを調べようとしただけでは犯罪とはいえず、怒られる以上のことにはならなかった。男は歩きまわる範囲を、しだいに広げた。しかし、その鍵で開くドアには、依然としてめぐりあわなかった。用事でどこかのビルを訪れることがあると、そのついでに、いろいろな部屋のドアの鍵穴にもさしこんでみる。

だが、ほとんどの場合、鍵は鍵穴に入らなかった。入ったとしても、回らなかった。ごくたまに回ることがあったが、手ごたえのないからまわりだった。

そう簡単にめぐりあえるものでないことは覚悟していた。男はあきらめなかった。この鍵が、自分になにかすばらしい幸運をもたらしてくれるように思えてならなかったのだ。男は時どき、手のひらの鍵に呼びかける。

「幸福への扉を開く鍵なんだろうな」

「そうよ」

と確答するかのように、鍵はきらりと光るのだった。それは、鍵を試みることに熱中している男の、気のせいなのかもしれなかった。しかし、男はその答えを本気で信じる。

「どこの、なにをあければいいのだ」

と、つぎの質問をすると、鍵はわけのわからない光り方をする。なにかを告げているようなのだが、あいまいで複雑で、それを読みとることは男にも不可能だった。つまり、なんの答えも得られなかったのだ。

この希望と絶望とのあいだにはさまれながら、男は鍵に合う存在を求めて、例の行為をくりかえしつづけた。

数えきれないほどの鍵穴に、男はその鍵を押しつけてみた。だが、どれも受けつけない。むなしい拒絶だけがもたらされる。時には、もうあきらめようかとも思う。しかし、この次にはぴたりと合うのにめぐりあうのではないかとの予感がし、中止の決心には至らないのだった。

がむしゃらに手当りしだいに走りまわってもだめだ。もっと系統的な、むだの少ない方法を考えるべきだ。男はいくらか反省し、錠前店に出かけ、なにげない口調でこう聞いた。

「知りあいに忘れっぽくなった老人がいてね、この鍵がなんの鍵だか思い出せず、困っているのです。どんなものに使う鍵だか、教えてもらえないだろうか」

その店の者は手にとって眺めていたが、やがて首をかしげて言った。

「うちではたいていの鍵を扱っていますが、こんなのは見たこともありません。個人的に、趣味か道楽で作ったものではないでしょうか」

会話を聞きつけ、店の奥から年配の店主が出てきたが、やはり同じ答えだった。

男は博物館にも出かけた。とくにたのんで、陳列してある古代の箱などの鍵穴に入れさせてもらった。しかし、どれにも合わない。博物館員は言った。

「その鍵をどこで手に入れ、なぜそう熱心にお調べになるのかは存じませんが、それに合うようなものは、ここにはありませんよ」

と資料室に案内し、古今東西の鍵の写真集を見せてくれた。大きな鍵、小さな鍵、歴史的な意味を持つ鍵、美しい鍵、最新の鍵。たくさんの種類がそれにのっていた。しかし、男が拾った鍵と似たようなのは、そのなかから発見できなかった。男はお礼を言い、博物館を出た。

だが、その鍵に合う相手を求める努力はやめなかった。ここに鍵が存在するからには、どこかに、これで開くものがなければならない。あるはずだ。あるとなれば、それをさがしあてることもできるはずだ。さがし出さなければならない。

男は鍵にとりつかれたように、鍵に魅入られたように、ひたすらそれを求めつづけた。それにたどりつけた時の興奮、満足、幸福感を空想すると、疲れなど気にならなかった。

鍵についての男の行動の異常さは、周囲の者の目をひいた。もはやひそかな楽しみの段階をすぎ、なかば公然としたものとなっていた。しかし、そのうわさを聞き伝え、その鍵は自分のものだから返してくれ、と現れる人もなかった。冗談半分にそう言ってくる者はあったが、その鍵に合うものを示すことができず、作り話はすぐにばれた。

ひまがあると男は旅に出た。きりつめた費用での旅だったが、期待を追っての旅であり、つらいことはなかった。そして、いろいろな建物を訪れて鍵をたしかめたり、鍵がないため開かないで困っている箱やドアはないかと聞きまわったりした。

しかし、どの国に行っても、どの地方に行っても、その努力はむくいられなかった。そのたびに、男は手のひらに鍵をのせ、ため息をつく。吐息を受けて鍵は少し曇るが、すぐに輝きをとりもどし「まだなの」と、うながすように、からかうように、ささやくように光るのだった。

男はまた気力をとりもどし、あてもない、しかし期待にみちた旅をつづける。いつ終るともしれない旅だった。

限りない回数の試みがくりかえされ、限りない回数の失望を味わった。だが、男の執念はさらに高まるのだった。この鍵で開くものを見つけさえすれば、万事が解決する。多彩で豊富な、はなやかなメロディーの流れる、信じられないようなべつな世界が、そこに展開するはずなのだと。

男は目的の場所に達した夢を見ることがあった。それは箱であることも、ドアであることも、ふしぎな装置であることもあった。鍵穴にぴったりとおさまり、手ごたえとともに鍵が一回転するのだ。感激し喜びのため、男は思わず大きな叫び声をあげる。しかし、自分の叫び声で目がさめ、夢はそこで消えてしまう。箱のなか、ドアのかなた、始動した装置の作用などについては、夢のなかでも知ることができない。

男はひたすら、それだけのために生きた。それが生きがいだった。いらいらしたり、胸をおどらせたり、がっかりしたり、自分に鞭《むち》うったり、さまざまな感情を波うたせながら生きつづけた。

年月は流れ、男はとしをとった。としをとるにつれ、あらたな感情がそこに加わった。それは疲れだった。たえまない旅と休みない努力のため、男の心にも疲れの感情が宿りはじめたのだ。また、それは肉体のおとろえのためでもあった。

外出するたびに、やはり鍵の試みはくりかえすのだが、その外出の数がへったし、足の歩みものろくなった。そして、ついにほとんど外出をしなくなってしまった。

それとともに、男の心も少しずつ変化してきた。かつては考えもしなかった、あきらめの感情がめばえ、大きくなってきた。もうだめだろう。これだけ努力したのに、どこにも発見できなかった。やはり、運がなかったのだというべきなのだろう。そろそろ、本当にあきらめるべき時なのかもしれない。

あるいは、この鍵はなんの意味もない、ただの装飾品のたぐいだったのかもしれない。しかし、眺めなおしてみると、実用性がこめられているように思えてならなかった。男の未練のためだけでもなさそうだった。

あきらめたとはいっても、思いきりよく捨てる気にもなれなかった。いままで肌から離すことなく、ともに生活をし、ともに旅をし、喜んだり悲しんだり、ともに人生をすごしてきた鍵なのだ。

男はひとつの案を思いつき、錠前店を訪れ、こんな依頼をした。

「この鍵に合う錠を作ってもらえないだろうか。自分の部屋のドアにとりつけたいのだ」

「妙なご注文ですな。鍵をなくしたから、錠に合う鍵を作ってほしいとのおたのみはよくあり、その仕事なら何度もいたしました。もちろん、ご希望の錠をお作りしてさしあげることもできます。しかし、お高いものにつきますよ」

「かまわない。高くてもいい」

男は心からそう答えた。人生も終りに近づいたのだ。余生を思い出とともにすごす。それには、これが最もふさわしい方法であり、ほかにはない。

やがて錠ができ、男の部屋のドアにとりつけられた。男はひとり部屋にこもり、ドアをしめ、鍵をさしこんで回した。手ごたえはからだの神経を微妙にくすぐるようだった。かすかな響きは、こころよい音楽となって耳の奥をふるわせた。

長いあいだ、あこがれつづけていた感触だった。もちろん、望んだ形での実現ではなかったが、いま、ここに鍵に合うドアがあるのだ。幻ではなく現実のドアとして。

安心感というか満足感というか、期待していた以上の、やすらぎの気持ちが心にあふれてきた。もっと早く、これをやってみればよかったと思う。しかし、それは今だからこそいえることで、元気だったころには、そうは考えなかっただろうなとも思うのだった。

夜になると、男は久しぶりに、じつに久しぶりに、静かな眠りについた。長い過去の疲れがいっぺんに出たのかもしれなかった。静かな、やすらかな眠り……。

しかし、夜のふけたころ。男は鍵の回る音を聞き、ドアの開くけはいを感じた。暗いなかで男はそれに気づき、たとえようもない感情にとらわれた。それは恐怖。とても信じられない現象だ。一生を棒に振ってまで、あれだけさがしつづけたのに、ついに鍵に合う錠を見つけ出せなかった。あの鍵に合うものは存在しないのだ。このドア以外には存在しないのだ。やっとそう悟った時、しかもその第一夜に、それをあけてなにものともしれぬ人物が入ってくるとは……。

人物のけはいは近よってきた。男は毛布のなかにもぐり、夢であってほしいと祈り、これは夢なのだと信じようとした。また事実、夢なのかもしれなかった。

「ああ、この世のものとは考えられない……」

男はふるえながら言った。すると、それに答えて女の声がした。

「ええ、そうよ」

男は勇気を出して質問することにした。女の声は、やさしい調子をおびてはいる。しかし、あのドアをあけて入ってきた、想像もつかない相手なのだ。この世のものでないと肯定もしている。これからなにがおこり、どんな目にあわされるかわからない。あるいは死かもしれない。死なら死で、それも仕方のないことだ。だが、このなぞだけは聞いておきたかった。

「あなたはだれで、なんのためにやってきたのですか」

「あたしは幸運の女神。あの鍵は、あたしがわざと落しておいたの。力を貸してあげる人を作ろうと思ってね。鍵を拾ったあなたが、その資格をお持ちになったわけなのよ。やっとドアを作っていただけたのね。だから、すぐにおたずねしたのよ」

ほんとうに女神なのかもしれなかった。普通の人のような声ではなく、やわらかく夢のなかから響いてくるような声だった。男は言った。

「それなら、なぜもっと早く来ていただけなかったのですか。なぜ、ドアがなければならないのでしょうか」

「だって、幸運を与える儀式は、秘密におこなわなければならないものなの。他人の入ってくる可能性のある場所ではだめなのよ。本人とあたしだけが入れ、ほかの人の入れない場所が必要なの」

「そうだったのか……」

「さあ、どんな幸運をお望みになる。お金でも地位でも、すばらしい恋でも、輝かしい栄光でも、お好きなものをおっしゃってちょうだい。不老長寿や若がえり以外なら、なんでもかなえてさしあげるわ」

しばらくの沈黙ののち、暗いなかで、男の低いしわがれた声が答えた。

「なにもいらない。いまのわたしに必要なのは思い出だけだ。それは持っている」

繁栄への原理

星々の輝く無限の空間。そのなかを一台の宇宙船が飛びつづけていた。探検隊が乗組んでおり、地球を出発して以来いくつかの惑星に着陸し、調査をおこなってきた。だが、あまり成果はなかった。内部では隊員たちが、そのことを話題にしていた。

「考えてみると、いままでのところ、これといった星はなかったな」

「ああ、最初に訪れた星は乾ききっていて、砂と岩ばかりだった。なんのために存在しているのか、わけがわからないほどだ」

「単調なことでは、つめたい氷の星もそうだった。ただ青白く凍っているだけのことだった。しかし、地球がいかにいい星かを再認識させてくれたのだから、まんざら無価値でもないだろう」

「住民のいた星もあったな。だが、天然にめぐまれているせいか、おそろしく怠け者だった。木の実を食べて寝そべってばかりいる生活だ。われわれの訪問にも無関心で、張り合いのないこと、おびただしかった」

「どこへ行っても、くだらぬ星ばかりだ。宇宙とはこんなものなのか。どこかで、すばらしい収穫は得られないのか。地球の人びとの大きな期待のもとに出発してきたというのに……」

その時、指令室から隊長が出てきて隊員たちに告げた。

「さあ、まもなく一つの惑星に着陸する」

「こんどは、少しはましな星なのでしょうね」

「その可能性は多い。なぜなら、人工的と思われる電波を出している。ある程度の文明は存在しているようだ」

「そうあって欲しいと祈りますよ」

宇宙船は新しい目標の星へと進路をとった。近づいて観察すると、都市らしいものがみとめられた。地上のほうも宇宙船に気づいたのか、強い光線を点滅させて合図している。着陸地点を指示しているらしい。

極度の警戒のうちに高度を下げたが、べつに攻撃は受けなかった。住民に敵意はないらしい。やがて、合図しているのは空港のような場所らしいとわかった。宇宙船はそこへ着陸した。

着陸すると、住民たちは不可解な行動を開始した。宇宙船の外側めがけ、大量の液

体を吹きつけたのだ。みな一瞬あわてたが、住民たちもその液をあびている点から、有毒な薬品ではないと想像できた。

住民たちの表情や動作から、好意的な性格らしいと察せられた。手まねでうながされ、隊員がそれに従って宇宙船のドアをあけると、住民たちは内部まで入ってきて噴霧をつづけた。悪いにおいではなかった。しかし、質問しようにも言葉が通じない。ただ、歓迎してくれるつもりらしいとだけは理解できた。

「いったい、この液体はなんだろう」

隊長の疑問に、化学分析係が答えた。

「判明しました。しかし、それを申しあげると、いやな気分になられるでしょう」

「かまわん。なんだ」

「消毒薬です」

たしかに、みなは顔をしかめた。侮辱されたような感じだったが、筋も通っているので、怒るわけにもいかない。

だが、不快さを感じたのはその時だけで、それもすぐに消えていった。地球人と大差ないからだつきの住民たちは、いずれも友好的であり、隊員たちを心からもてなしてくれた。

快適な宿舎、味のいい食事。すべてに神経がゆきとどいていた。大げさな歓迎会とか、見物のスケジュールを押しつけてもこない。お客の意思を尊重し、どこへでも案内してくれた。

見物すればするほど、すばらしい星であることがわかってきた。どの地方もおだやかな気候であり、貧しさや争いはなく、病人さえいなかった。隊員の心にいくらか残っていた警戒心も、すっかりなくなった。

どこからともなく静かな音楽が流れつづけ、空には人工の虹《にじ》が美しく弧を描いている。高い文化生活がゆきわたっているのだ。

「うらやましい。おとぎの国としか思えない。信じられないような気分だ。宇宙にこんな星が存在したとは……」

隊員たちは、ため息まじりで感想をのべた。そのころにはもう、おたがいにある程度の言葉がかわせるようになっていたため、住民たちも礼儀正しく答えた。

「おほめいただいて恐縮です。しかし、夢でも幻でもなく現実です。かつてはここも、ごたごたの絶えぬ星でしたが、わたしたちがこれまでに仕上げたのです」

隊員たちは感心するとともに、嫉妬《しっと》めいた感情をも抱いた。それはこんな不満の言葉となった。

「だけど、これだけの進んだ文明や科学をお持ちなのですから、わたしたちの地球へもやってきて、向上への秘訣《ひけつ》を指導して下さってもよかったのにと思いますよ」

「そうでしょうか」

と住民は首をかしげ、隊員たちはさらにあからさまに言った。

「そうですとも。あなたがたは不親切ですよ。自分たちだけが楽しめばいい、という形ではありませんか」

「しかし、わたしたちの事情も聞いて下さい。ここには宇宙船がないのです。だから、そちらの星を訪れることもできなかったのです。決して不親切からではありません」

「これだけ進んだ星に、宇宙船がないとは、まさか、作り方を知らないのでは……」

「作れないことはありません。しかし、宇宙旅行には大変な費用がかかる。あ、この点については、現実に実行なさっているあなたがたのほうが、よくご存知でしょうね」

隊員たちはうなずいた。それはたしかだ。宇宙船の研究についやされた費用、実験の費用、乗員の訓練をはじめ、関連した費用のすべて……。

すぐには金額が頭に浮かんでこなかった。合計すれば、とても計算しきれないほどの金額がいままでについやされている。その巨大なピラミッドの絶頂に立って、いま、この星に到達できたのだ。

「おっしゃる通りです」

「ここではそんなことはやめ、すべてを生活の向上に集中しているのです。たとえば、寒い地方の地下には暖房器を埋め、暑い地方には冷房装置がとりつけてあります。また、少し前には大消毒がおこなわれました。水中や空中から病原菌を完全になくしてしまいました。みなさんも、ここで病気に感染することはありません」

説明されてみると、いずれも思い当ることばかりだった。しかし、それにしても驚くべき規模のやり方だ。

「さぞ、大作業だったことでしょう」

「しかし、宇宙へ進出するよりは安上がりですよ。つぎは大気中に栄養剤を含ませる計画です。健康のためにいいのです。わたしたちはこの一連の方針を選びました。星はよくなり、みな満足しています」

繁栄の秘訣はここにあった。隊員たちは顔を見あわせた。ピラミッドを築きあげ、その上に立って得た悟りが、これは作るべきでなかったというようなものだった。やがて、隊員のひとりが言った。

「隊長、帰りましょうか」

「ああ、帰ろう。地球ではみな、われわれのもたらす報告を待っているだろう。宇宙のはてからの、すばらしいみやげを待っている。しかし、この繁栄への原理を報告したら、どう思うだろう……」

味ラジオ

ベッドの上で、エヌ氏は静かに眠っていた。彼は夢を見ていた。宇宙旅行をしている夢だ。見知らぬ惑星に着陸し、冒険を重ねたあげく、そこの住民たちと仲よくなる。住民はごちそうをすすめ、彼は食べ終って……。

その時、枕《まくら》もとの時計がテープの声をあげエヌ氏に呼びかけた。

〈さあ、お目ざめになる時間でございます。どうぞ……〉

それにより、彼は目をさました。大きくあくびをしながら手をのばし、時計のそばの水さしを取り、なかの水をグラスについで飲んだ。この行為は、ずっと昔から身についた習慣となっている。

その水は口のなかに、すがすがしい味をもたらした。果汁とハッカと香料のまざった味だ。頭に残ったねむけが去っていった。

エヌ氏はグラスに水をもう一杯つぎ、それを口にした。コーヒーの味が口のなかにひろがった。

水さしの水は、ただの水にすぎない。しかし、このように、味はいろいろに変化するのだった。もし昔の人がこんな現象をまのあたりにしたら、魔法にちがいないと腰を抜かすことだろう。だが、魔法ではなく科学の成果。いまはすっかり普及し、だれもがこの使用になれ、心ゆくまで楽しんでいる時代なのだ。

一つの小さな装置のおかげだった。ごく小さく、口のなかに入れてある。一本の歯の内部におさまっていて、外見ではそうとわからない。そして、この装置が放送局からの電波を受信している。

電波を受信し、音を出して耳を楽しませれば、それはラジオと呼ばれる。映像を再現して目を楽しませれば、テレビである。そして、この装置は味を再現して口を楽しませてくれるのだ。味ラジオという装置だ。

装置が発生する微妙な震動と電波は、口のなかの神経を刺激し、あらゆる味をもたらしてくれる。無味の水でも、果汁の放送を受信している時に飲めば、果汁そのものの味がする。コーヒーの放送の時なら、コーヒーの味となる。

エヌ氏は朝食にとりかかることにした。味ラジオの時代になっても、食事はとらなければならない。栄養を補給しなければならないからだ。

彼はひときれのパンを取り、口に運んだ。見たところは茶色のパンといったものだこれぞが成分はちがう。人間に必要なカロリーと栄養とをすべて含んだものなのだ。これそのものは無味に近い。しかし、それでいいのだった。味のほうはラジオがおぎなってくれる。

エヌ氏はパンを入れた口を動かした。放送はちょうど卵料理の電波を送っており、彼はその味つけでパンを食べた。放送は途中からリンゴとかわり、パンの味もそれにともなって変化した。これで朝食は終り。

しかし、放送は休むことなくつづくのだ。エヌ氏は出勤のための服に着かえながら、チューインガムを口に入れた。これももちろん無味。しかし、それでいいのだし、それでなければならないのだ。

味ラジオはクダモノ・アワーになっていた。世界じゅうのクダモノの味を、つぎつぎと送ってくる。無味のチューインガムはパイナップルの味になり、イチゴになり、ブドウになり、メロンにもなった。

エヌ氏は家を出て、高速モノレールに乗り、つとめ先へとむかった。こころよく走る車内には、新聞を読んでいる者もあり、イヤホーンで音楽を聞いている者もあり、その両方を同時にやっている者もあった。これだけなら昔とそう変らない光景だが、いまはそれに味が加わっているのだ。

口のなかにアイスクリームの味がひろがり、かわってドーナッツの味となり、それが消えるとシュークリームの味となっていった……。

この味の並べ方を調整するのが放送局の仕事だ。あまり突拍子《とっぴょうし》もないものを並べたりしてはいけないし、あまり似たのをつづけてもいけない。最初のころはふてぎわもあったが、味の心理学者が研究を重ね、いまでは番組はスムースに流れ、だれにも満足感を与えている。

この味ラジオの完成は、まさに人類の期待にこたえたものといえた。味を楽しみたいのは、人間の生れながらの本能だ。だが、味に関しては限界があった。すなわち、

胃が一杯になればどうしようもない。この点、心ゆくまで楽しめる音楽やテレビやゲームとちがうのだ。味には枠がはめられている。

この枠をはずすべく研究がなされ、ついに味ラジオが実現したのだった。人びとは無限に味を楽しめるようになったばかりか、かずかずの好ましい影響を手にすることができた。

第一に、食べすぎで消化器を悪くすることがなくなり、また、ふとりすぎることもない。刺激性の食物でからだをこわすこともない。茶色のパンは栄養のバランスがとれ、衛生的で、中毒や伝染病の心配もなかった。

それに台所も不要、食器も少なくてすみ、空間や時間を大幅に他にふりむけることができた。虫歯で悩む者も少なくなった。さらに、味ラジオによる味は、放送がつぎのに移ればそれまでの味はさっと消え、あとに残らない。すぐにつぎの味を楽しめるのだ。

この放送は一日じゅうつづけられている。眠っているあいだもそうなのだ。だから、夢にも味がついている。もちろん、すべて幻の味だ。しかし、幻で悪いことはなかったし、幻だからこそ無限なのだ。これだけの味を食物で求めようとしたら、とても一時間とはつづかないだろう。

エヌ氏はつとめ先へ着き、仕事にとりかかった。コンピューターを操作し、メモを取り、考えてからまたコンピューターを動かし、記録し……。

そのあいだも味ラジオは放送をつづけていた。ラジオやテレビをそばに置いて仕事をしたら、目や耳の注意が分散し、失敗や事故のもとになる。しかし、味ならその心配はないのだった。

洋風のビスケットの味が口のなかを流れ、つづいて和風のオセンべと変った。また、中華風のスープの味となり、そのあとバナナの味がはいってきた……。

これらの食物の実物を食べるレストランもあることはある。その店にはいると、放送局からの電波が遮断され、実物そのものの味に接することができるのだ。人びとは時たまそこを訪れる。味ラジオで送られてきた、あの味の実物はどんなものだろう。この好奇心をみたす場所がなければならないのだ。

しかし、そのレストフンで、多くの人はあまり喜びを感じない。かたすぎて歯ごたえがありすぎたり、あとで胃のぐあいが悪くなったりするからだ。無味のチューインガムと、電波で送られてくる洗練された純粋な味、この二つが織りなすもののほうになれてしまっているからだった。

エヌ氏は仕事をつづけていた。ポテトチップの味となり、おしるこの味が甘くひろがって消え、かわって日本茶の味があらわれる……。

その時、不意に異変がおこった。なんの味もしなくなったのだ。彼は仕事の手を休め、立ちあがった。装置が故障したらしい、早く救急室へかけつけ修理してもらわなければと思ったのだ。

しかし、あたりを見まわすと、他の者たちもふしぎそうにざわめいている。だれかがラジオのスイッチを入れた。臨時ニュースが流れてきた。

〈……ただいま事故のため、味ラジオの放送電波が中断しております。修理を急いでおりますから、放送はまもなく再開されるみこみです……〉

原因はわかったものの、こんなことははじめてだった。人びとのざわめきはおさまらなかった。だれもが口のなかの異変を持てあましているのだ。

自分の口が他人の口のようになってしまった。さびしくむなしい空洞になってしまった。電灯やネオンで輝いていた夜の街が、瞬時に停電で闇《やみ》と化した時のようだった。

無味のチューインガムのカスを吐き出し、かわりに新しいのを口に入れる者もあった。茶色のパンをかじってみる者もあった。しかし、それらはなんの味ももたらしてくれない。

口のなかの空虚さは、さらにひどくなった。死滅した惑星の表面のように、北海の島にただひとり漂着した人のように、たえがたい孤独な気分が高まってきた。親にはぐれた幼児のように、叫び、なにかをしなければならない衝動がこみあげてきた。

だれかが急いでかけ出していった。それにつられ、あとを追う者がつづいた。レストランの存在を思い出し、そこへ行こうというのだった。エヌ氏もそのなかに加わった。

街かどのレストランでは、大混乱がおこっていた。日ごろの利用者はそんなになく、大ぜいの客を収容するように造られてはいないのだ。しかし、そこをめがけて、ビルから流れ出した人びとが押し寄せている。

だれもがいらだち、そのさわぎをさらに高めた。悲鳴があがり、叫び声がまじり、ガラスのこわれる音が……。

だが、それは異変のはじまりと同様、不意に終った。味ラジオの放送が再開されたのだ。クリーム・ソーダの味が口にあふれ、トマトの味がつづいた。やがて、ビーフシチューの味がわきはじめ、人びとは昼食時刻の近くなったことを知った。そして、それぞれの方角へと散っていった。

新しい人生

三十五歳の男。名は三郎という。どことなく、ひとのよさそうなところがある。病室にいた三郎は、看護婦に呼ばれ、院長室へ行った。そして、言った。

「先生、わたしにお話があるとか。なんでしょうか」

それに対し、年配の院長は、明るい表情でやさしく告げた。

「長い療養生活だったが、きみはもう全快だ。精密な検査によって、まったくの健康体とみとめられる。つまり、もう退院してもいいということだ」

「はい。ありがとうございます」

と頭をさげる三郎の手に、院長は大型の封筒を渡しながら、好ましい笑いを含んだ声で言った。

「さあ、これを持って退院したまえ。なかには、きみの新しい人生を保証する、すばらしいものが入っているよ」

「なんでしょうか」

「きみの役に立つ書類というわけだ」

三郎は封筒をあけ、なかの書類をひっぱりだした。数通の書類であり、いちばんうえの診断書が目に入った。異常をみとめられない状態になったことを証明する、といった文面だった。

彼はあまり感激もせず、封筒にもどした。新しい人生とか、すばらしいものとかには、ほど遠いような印象を受けたのだ。たしかに院長にとって、ひとりの患者を社会に復帰させたことは、非常な喜びかもしれない。だが、その感情をこっちまで押しつけられてはかなわない。やっと人なみに戻れたというだけではないか。

しかし、いずれにせよ、三郎はこの神経科の病院から出られることになったのだ。

三郎がいかにしてここに入るようになり、また出るようになったかを簡単に記すと、このようになる。

彼はうまれつきまじめな男であり、職についてからも、きわめてまじめに働いた。そして、ある女性に恋をした。やはり、まじめきわまる恋愛であった。

相手の女性は、つめたい感じさえするなかなかの美人で、勝気で高慢なところもあった。一般にこのような組合せは、あまりうまく進行しない。しかし、この場合、多くの競争者をけおとし、幸運は三郎のうえに輝いた。

彼自身も、それが夢のような幸運であることを、よくわきまえていた。したがって、結婚してからは、献身的に妻につかえた。浮気のたぐいをしないことはもちろん、給料はすべて自宅に持ち帰り、さらに、家庭内の雑用まで進んでやった。

妻はたびたび、笑いながら彼に呼びかける。

「あなたは、あたしのロボットなのよ」

普通の男なら、いかに実情がその通りであろうと、こうあからさまに言われては、ただではすまない。口論が展開されるところだ。しかし、三郎はちがっていた。

「ああ、ぼくはきみのロボットだよ」

と答えてしまう。これが悲劇のはじまりだったのだが、彼にとっては無理からぬ点もあった。たぐいまれな美人と結婚できたのだ。この現状を維持しなければならない。ロボットと呼ばれようが、なんと呼ばれようが、がまんすべきなのだ。いや、がまんといった苦痛は、さほど感じなかった。むしろ喜びであり、とくいでもあった。

このことは、つとめさきの社内でもうわさとしてひろまり、遠慮のない同僚は彼に言う。

「おい、きみは奥さんのロボットだそうだな」

「そうさ……」

と三郎はうなずく。ロボットでどこが悪い。美女とともに暮すロボットのほうが、ブタとともに暮す人間よりいいではないか。こいつ、嫉妬《しっと》しているらしい。こう内心で思い、ほこらしげな口調になるのだった。

からかいの効果はあがらず、同僚は拍子抜けして引きさがる。だが、三郎に対して、社内においてもロボットというあだ名が定着した。

妻はたえず彼に呼びかける。

「ねえ、あたしのロボットちゃん」

「なんだい」

「ロボットは、主人の命令には絶対に忠実でなければならないのよ」

「ああ、わかっているよ」

三郎は進んでロボットの地位に甘んじていたわけであり、ロボットは主人に忠実でなければならぬ。主人である妻は、彼をロボットと呼ぶ。論理にはひとつの疑点もなく、彼はひたすらそうなるべく努めた。

やがて、社内において、こんなささやきが流れはじめた。

「おい、あのロボットのやつ、このごろ少し変じゃないか」

「そうかな。仕事は正確だし、ミスひとつしないぞ。べつに変だとは思えない」

「そこがおかしいのだ。だれだって、たまにはひとつぐらい失敗をする。しかし、あいつにはそれがないんだ。少し薄気味が悪い。それに、歩きかたとか、食事のしかたとか、どことなく、ぎくしゃくしてきた」

「それは、ロボットという愛称に対するサービスとして、わざとやっているんじゃないのかな」

「そうとも思えない。サービスなら、われわれの前だけでいい。しかし、通勤の途中においてもそうなのだ。動作のすべてに及んでいるというのは、どうも気になるな」

周囲が問題にし、医者に見せた時には、すでに手おくれともいうべき状態だった。狂っていた。自分をロボットだと思いこんでいた。

すぐに入院させる必要があったが、これには抵抗が予想された。主人と別れるのはいやがるだろうし、ロボットと信じこんであばれでもしたら、どんな怪力を発揮しないとも限らない。関係者はびくびくしていたが、ことは意外にスムースに運んだ。妻がこう命じたのだ。

「あたしのロボットちゃん。あなた、長いあいだ働いたので、少し故障したのよ。修理してもらいにいってきてね」

三郎はすなおにそれに従った。

この珍しい症状の患者をむかえた病院では、相当な手間と時間とを三郎につぎこんだ。一時は回復絶望とも思われたが、やっと、きょうの全快まで持ってきたのだった。

院長は回想しながら三郎に言った。

「きみをなおすのには、けっこう苦心をしたよ。なにしろ、最初は相当な重症だった」

「はあ、自分ではよく覚えておりませんが、どうだったのですか」

「早く修理してくれと叫ぶのだ。あげくのはては、自分で故障の原因を考え出した。この腕のなかの歯車を、こんなふうに変えたらどうでしょうと、熱心に提案したりしたものだ。わたしもずいぶん悩まされたよ」

「そうでしたか。申しわけございません」

「しかし、もうすべて完全に正常だ。これから、すばらしい人生のスタートが切れるのだよ」

院長はまた、すばらしいという文句を口にした。三郎は恩着せがましいものを感じ、少し腹を立てた。しかし、これは全快した証拠ともいえた。ロボットなら腹は立てない。彼もロボット妄想にとりつかれていた時期には、腹を立てたことはなかった。

「どうも、いろいろとありがとうございました」

三郎はつとめて礼儀正しく別れのあいさつをし、封筒を手に退院した。

病院を出た彼は、まず、かつて働いていた会社に立ち寄った。三郎の姿を見た人びとは声をかけた。

「よう、ロボットくん。しばらくだったな」

つい口から出てしまう。わるぎはないのだが、三郎は面白くなかった。なぐりつけたい衝動にかられたが、彼はそれを押えた。退院したからには、働かなければならない。そのためには、いざこざを起してもつまらない。

三郎は人事課長のところへ行って話した。

「長いあいだご心配をおかけしましたが、やっと全快いたしました。いつから出社いたしましょうか」

「そのことなのだが……」

「なにか問題があるのでしょうか」

三郎は封筒から書類を出した。診断書もこの通りある。しかし、課長は言った。

「じつは、きみの入院が意外とながびいた。その費用の出どころがなく、きみを退社させた形にして退職金を支出し、それに当てたのだ。院長先生の助言でそうしたのだよ。その書類もととのっているはずだ」

課長は説明しながら、三郎が机の上においた書類をめくった。診断書の下にそれがあった。代理人である妻によって辞表が出され、それが受理された経過の写しがあった。金額の計算書もくっついていた。はじめて事情を知った三郎は言った。

「そうだったのですか。では、新しく入社するという手続きが必要なのですね」

「いや、その新規採用の余地は、いまのところないのだ」

こう告げられ、三郎はていよくお払い箱にされたことを知った。なんでこれが、新しい人生への書類なのだ。彼は心の底で院長に文句を言った。

三郎は仕方なく会社を出て、自宅へと足をむけた。久しぶりで妻に会えるのだ。入院中、彼女はほとんど面会にこなかった。退院まえのしばらくは、まるで会いにこなかった。まあ、それを責めるわけにはゆくまい。いろいろと苦労もあったことだろうからな。

そう考えながら、三郎はなつかしいアパートの部屋のドアをたたいた。見知らぬ男が出てきた。三郎が自分の名を言うと、奥から妻の声がした。

「あら、あたしのロボットちゃんね。しばらくね。もうよくなったの……」

それを耳にし、三郎はまた腹を立てた。ちょっと美人だと思って、いい気になっていやがる。なまいきだ。おれも入院して迷惑をかけたかもしれないが、その帰宅の際、しかも来客の前でおれをロボット呼ばわりするとは。

「おい。なんというあいさつなんだ。やっと退院してきた亭主だ。もう少しやさしく迎えてくれてもいいだろう。それに、ロボットなどと呼ぶのはやめてくれ。まして、他人がいる時に……」

三郎は強く言った。以前とちがって、いまや全快していたのだ。その時、いあわせた男が彼をなだめにかかった。

「まあ、まあ、ここのところはひとまず……」

「なんです、あなたの知ったことじゃない。どなたか知りませんが、ひとの家庭内のことに口を出さないで下さい」

と三郎は相手を押しのけようとした。そのとたん、彼女が衝撃的なことを口にした。

「ねえ、そうなれなれしくしないでちょうだい。離婚は成立しているのよ。知らなかったの。あたし、あなたの入院中、このかたのお世話になって生活していたのよ。よけいな口出しをしないでほしいのは、あなたのほうなのよ」

「そうだったのか……」

三郎は目を丸くした。その目にむかって、彼女は説明した。

「病院の院長先生も、あなたは回復しそうにない病状だとおっしゃるし、たとえ回復しても、いっしょでないほうが本人のためだとおっしゃったのよ。退院の時に離婚成立の書類を渡されなかったの……」

そう注意され、三郎は封筒から出して書類をあらためた。さっき会社で見た退社関係の書類の下に、それがあった。弁護士の作成したらしい、かたくるしい文章の書類だった。どうやら、本当に離婚は成立しているらしい。三郎はあらためて彼女に言った。

「しかし、こうやって戻ってきたのだ。全快したんだ。また、むかしみたいにいっしょに暮そう」

「いやよ。あたし、このかたに義理があるし、それに、とても従順なかたなの。あなたは、前にくらべて粗暴になったし、きらいよ。早く出てってよ」

とりつくしまがなかった。この男のほうが、よりロボット的でいいのだというのだろう。まったく勝手で、わがままな女だ。三郎は飛びかかって首をしめてやりたいと思ったが、それは押えた。正常な人間ならそうあるべきで、彼はいまや正常だったのだ。

「好きなようにしたらいい」

三郎は捨てぜりふを残し、部屋のドアを荒々しくしめてそとへ出た。正常な人間なら、これくらいのことはする。

彼は道ばたでしばらくぼんやりしていたが、やがて、ふたたび病院へとむかった。じわじわと怒りがこみあげてきたのだ。

なんという院長だ。あいつの入れ知恵のおかげで、入院中に社をくびになり、妻も他人に取られてしまった。あるいは、やむをえないことかもしれない。事情をよく説明してくれれば、こっちもなっとくしないでもない。

しかし、あの院長、それにはひとことも触れずに「あなたのすばらしい人生がはじまる」とか言って、この書類を笑いながら渡してくれただけだ。ひとをばかにしている。あの笑い顔が気にくわぬ。冷酷な社会に人間を送りかえす時に、あんな表情をしていいものか。絶対に許せない。

直接に会って、ありったけの文句を言い、返答のしようによっては、なぐりつけてやる。そうでもしなければ、気がすまない。正常な人間ならこう考えて怒るところであり、彼はいまや正常だったのだ。

三郎は院長室に乗り込み、さんざん毒づいた。

「……なんという、ひどいことをなさったのです。わたしをからかって、さぞ面白かったことでしょう」

彼はこぶしをかため、腕に力をこめた。しかし、院長は依然として笑いながら言った。

「書類を全部ごらんになりましたか」

「全部は見ていないが、どうせ、たいしたもののあるはずがない。書類をめくるたびに、ひとつずついやな現実が出現する。こんなものは捨ててしまえ」

三郎は乱暴な手つきで、封筒から書類を出してめくった。離婚の書類の下には、またべつな書類があり、それは弁理士が作成したものだった。彼はわけがわからず、院長に言った。

「なんです、これは」

「きみの発明した特許だよ」

「そんな記憶はありません。また、からかう材料なんでしょう」

「知らないのも無理はない。入院の当初、早く内部を修理してくれと、各種の歯車の図を書いてわたしにつきつけた。なかなか面白い案のように思えたので、知りあいの弁理士に見せてみた。彼は専門家だけあって、これはほっとくべきでないと、特許の申請をやってくれたというわけだ。そのうえ、大会社に交渉し、権利を売りつける契約までやってくれた」

「そんなことがあったのですか……」

三郎は書類を眺めた。想像もしなかった金額が、定期的に入ってくる契約書だった。院長は補足した。

「もっとも、そのなかから弁理士の手数料が引かれ、入院費の残りも払ってもらわねばならない。しかし、それにしてもかなりの金額が、遊んでいても入ってくるのだ。悪くないことだと思うがな……」

院長はうらやましそうな口調だった。

「そうでしたか……」

三郎は言葉をつまらせた。自分をばかにする同僚たちのいる、あの会社に戻ることもないのだ。不快きわまる妻からも自由になれた。しかも、高額な収入が確保された。これらは、すべて院長のおかげだった。

彼は軽率をわび、心から感謝した。正常な人間ならだれでもそうするだろうし、彼もまた正常だったのだ。

古風な愛

昭子は美しく若い女だった。若いといっても、初夏の樹《き》のようにはつらつとした感じではなかった。月の光で虹《にじ》ができるものなら、それに似ているといえよう。どことなくすがすがしく上品で、そして清らかだった。

おれがはじめて昭子に会ったのは、夏の終りのころ、避暑地からの帰りの列車のなかでだった。切符の指定する席につくと、となりの席にすわっていたのが彼女だった。おれは話しかけてみた。

「どちらまで……」

「うちへ帰るところですの」

「夏はたのしくおすごしでしたか」

「ええ」

昭子はひかえ目な口調で答えた。おれが崩れた感じの服装をしていたら、彼女は警戒して答えなかったろう。だが、おれはちゃんとした服装をしていた。そして、彼女が話に乗ってきてくれれば、あとの運びには自信があった。

おれは自分が俳優であると話した。事実そうなのだし、名刺を渡したら、彼女はそれを眺めて首を傾けた。どこかで見たことのある名だけど、思い出せない。そんな表情だった。事実、おれはその程度の俳優だった。

昭子はあまり演劇にくわしくないらしかった。おれが演技の苦心などを話すと、興味を示し、はじめてのぞく別世界のことのように、目を輝かした。おれはまた、好きな詩についても語った。話題を変えて、品のいいジョークをしゃべったら、彼女は面白そうに笑ってくれた。すなおな美しい笑いだった。

そのあいまに、昭子は父について話した。ある会社の社長で、そとではきびしい手腕家だが、家ではとてもやさしいのよと言った。家族はあたしたち二人だけで、大きな家に静かに住んでいるの、ともつけ加えた。

降車駅が近づいた時、おれは別れのあいさつとともに言った。

「おかげさまで、車内で退屈せず、楽しく時をすごせました。秋にやる公演の切符をさしあげましょう。ぼくも出演します。おひまでしたら、おとうさんとごいっしょにでも、いらっしゃってください」

おれは二枚の切符を渡した。彼女は、父の許しが出たらと答えた。いい家庭における育ちのよさを感じさせる言葉だった。

公演の日、おれは舞台から客席を見た。席に昭子の姿があり、そのとなりは空席だった。父親は許可したが、自分は同行しなかったのだ。また、昭子にはさそう友人がいなかったらしい。友人をさそいたくなかったのかもしれない。おれは、つごうがいいな、と思った。

舞台が終ってから、おれは昭子をさそい、軽い食事をし、また、品のある話題でおしゃべりをしあった。芸術とか、詩とか、遠い銀河のことなどを話した。おれは覚えておいた幻想的な童話を物語った。昭子は夢みるような目つきになっていた。おれは

適当なところで切りあげ、彼女を車で自宅の前まで送り、また会う日を約束して別れた。

こうしてはじまった昭子とおれの交際は、いつしか回を重ねていった。会わない日には、おれはひとり本を読んだ。ふさわしい話題のたねを補充しておかなければならないのだ。それがまにあわないで、話のたねがつきてしまうこともあった。そんな時、仕方がないので、おれは簡単な手品をやってみせた。かつて趣味で熱中したことがあったのだ。

なにを話しても、どんな手品をやっても、昭子はすなおに感心してくれた。それが尊敬に、さらに愛に変ってきつつあるのが、おれにもわかった。

ある夜、港のそばの公園を散歩している時、昭子は何度もためらったあげく、おれにささやいた。

「愛しているのよ」

「ぼくだってそうだよ」

「結婚したいわ」

彼女はぽつりと言った。これだけ口にするのに、心のなかでどんなに努力をしたことだろう。声には動悸《どうき》の激しさが含まれ、美しい顔はこわばっていた。

「ぼくだってそうさ」

おれが答えると、昭子の顔にうれしさが一杯にひろがっていった。

「ほんとなのね」

「ほんとだとも。だけど、ちょっと……」

おれが言葉をにごすと、昭子は心配そうにおれを見つめた。

「なにか困ったことでもあるの……」

「問題といえるかどうかわからないが、故郷にいるぼくの両親のことなんだ。理解はあるし、だからこそぼくが俳優になるのもみとめてくれたんだが、やはり芯《しん》は古風なんだな。ひとつだけ約束をさせられてしまった。ぼくもまた、その約束だけはまもりたい……」

「どんなことなの」

「かけおちみたいな、やましい結婚だけはしないでくれと言われた。相手の家からも祝福されるような結婚をしてほしいと。いなかの旧家だから、言うことが古風なんだよ。おかしいかい」

おれの説明の途中から、昭子ははればれとした表情になった。

「おかしくはないわ。そんなことなら古風のほうがいいじゃないの。あたし、もっと難問題なのかと思っちゃったわ。大丈夫よ。父も賛成してくれるわ。あたしのお願いなら、なんでも聞いてくれるはずよ……」

安心感と幸福感で呆然《ぼうぜん》となったためか、昭子はおれにもたれかかってきた。おれはそれを受けとめ、抱きしめた。彼女のからだは、力をこめたらこわれそうな、ガラスの芸術品のようだった。

そのつぎに昭子に会うと、彼女の顔はやつれ、見ちがえるように変っていた。おれが聞くと、彼女はため息とともに言った。

「父に話したら、いけないって……」

「もっと、くわしく話してごらん」

「あたし、どんなにあなたを愛しているのかを真剣に説明したのよ。だけど、みとめてもらえなかったわ。俳優などとの結婚は許さないって。いままで、ほかのことでは、あんなに物わかりのいい父だったのに……」

昭子は泣き、すぐに家を出ていっしょに暮したいと言った。おれは、それは困るし、だいいち軽率だと言った。長いあいだ話しあったあげく、二人でそろってたのんでみようということになった。

父親はおれを見るなり、気むずかしく顔をしかめて言った。

「用件はわかっている。話しあうことはない。早いところお帰りください」

とりつくしまがない口調だった。おれは反論した。俳優がなぜいけないのか。将来性があることは、演劇関係者がみとめてくれている。いままでスキャンダルをたてられたこともない。郷里の家だってちゃんとしている。

しかし、いくら言っても、耳に入らないかのように父親は表情を変えなかった。おれは引きあげた。

それから、おれは昭子と何回か会った。彼女は父とおれとの板ばさみになって、ますます悲しそうに、苦しそうになっていった。やけをおこすような性質ではなく、まじめに考え、なんとか方法を見つけようとしていた。しかし、方法はなかった。

父親にたのみ、そのたびに拒絶されているせいか、昭子は痛々しいまでに弱ってきた。悩みつづけ、気力も弱ってきたようだった。

「あたし、死にたいわ」

思いつめた、鋭い一本の光のような口調だった。いっしょになれないのなら、生きていてもしかたがないと言った。

「きみに死なれたら、ぼくだって生きていられないよ」

とおれが言った。彼女が、あなたは死ぬことはないのよ、と言うかと思ったら、それは言わなかった。女心とはそういうものなのかもしれない。昭子の表情は明るくなった。

「それ、ほんとうなの」

「ほんとだとも。いっしょに死ぬよ」

それからは、会うたびに死の話ばかりした。おれといっしょに死ぬことを考えると、彼女は楽しくなるらしく、動作もいきいきとしてきた。それがいかにすばらしく、美しく、幸福なことかを、くりかえして口にするのだった。

おれたちは話しあったあげく、その場所を相談した。おれは海の近くがいいと言ったが、彼女は湖のある高原がいいと主張し、おれはそれに賛成した。そして、出かけた。

景色のいいホテルだった。部屋の窓からは、湖だの、森だの、遠い雲だの、すがすがしいものばかり見えた。

おれは一日のばそうかと言ったが、昭子はすぐのほうがいいと言った。そして、鞄《かばん》から薬のはいったビンを取り出した。とてもうれしそうだった。ビンのなかには、二人を永久に結びつける力がこめられている。そう信じているからだった。

昭子はビンから錠剤を出し、手のひらにのせた。また、おれの手のひらにも半分をのせてくれた。彼女はためらうことなく薬を口にいれ、目をつぶってコップの水を飲んだ。

そのあいだに、おれは薬をポケットに移し、水だけを飲んだ。このことは何回も練習してきたため、うまくできた。少しぐらいうまくいかなくても、おれを信じきっている昭子は疑わなかったろう。

昭子はゆっくりと目を開き、まっすぐにおれを見つめた。すばらしい目だった。すみきった、美しい、幸福感にみちた目だった。おれはとても正視できなかったが、全身の力をふりしぼってそれをやった。とても長い時間が流れた。

「眠くなったわ……」

と彼女が言った。おれの頭はさえきっていたが、やはり同じように言った。

「ぼくもだよ」

「これで、あたしたち天国へいっしょに行けるわね」

「そうだよ、もうすぐね。そして、もう二度とはなれることはない……」

「すてきだわ。あたし、父をうらんだこともあったけど、いまはうらまないわ。こんなしあわせなことになれたのですもの……」

薬がきいてきたのか、彼女の声はかすかになり、目を閉じた。

「……あたしをしっかりと抱いてて」

おれはやさしく抱いた。やがて呼吸がとだえがちになり、そのうち二度としなくなった。からだが少しずつ冷えていった。

おれは抱きしめつづけた。このからだのなかの心で、おれを愛しつづけてくれたのだ。この頭のなかで、おれとの天国への旅を最後まで描きつづけていたのだ。そう思うと、手をはなす気になれなかったのだ。昭子の顔は、いつまでも美しく、しあわせそうだった。

しかし、おれはなすべきことに気づき、ポケットの薬をビンにもどし、ドアから飛び出して大声をあげた。かけつけてきたホテルの係に、ちょっと外出したあいだに薬を飲んだらしい、と告げた。ホテルじゅうにざわめきが波紋のようにひろがっていった。

おれは警察で調べられたが、まもなく帰ることを許された。昭子を殺さなければならない原因はなにもなく、殺して利益になることもありえないからだった。

おれはアパートに帰り、自分の部屋に閉じこもり、酒を飲んだ。ほかになにもする気になれなかった。

ドアのほうで訪問者のけはいがした。おれが応答しないでいると、客は勝手に入ってきた。見ると昭子の父親だった。彼は沈痛な表情としぼり出すような声で言った。

「わたしの気持ちを察してくれ」

おれはなにも答えず、ただうなずいた。しばらくの沈黙のあと、こんどはおれが言った。

「ぼくの気持ちも察してください」

こんどは相手がうなずき、だまったままだった。彼はまた、ぽつりと言った。

「わたしを残酷な父親と思うかね」

おれは首を振り、同じように言った。

「ぼくは残酷な男なのでしょうか」

相手は大きく首を振った。それから、ポケットから封筒を出しておれにさし出した。

「これでいいんだ。これが約束の金だ。少ないかもしれないが……」

おれは、こんなことをやったのだから、もっともっともらってもいいような気がした。しかし、いくらが適当かとなると、限度のないことだった。おれはお礼を簡単に言っただけだった。

「ありがとうございます」

「ありがとうと言うのは、わたしのほうだ。昭子のからだについて、医者から診断を聞かされた時は、信じられない思いだった。治療のしようのない病状が進行し、あとわずかしか命がもたないとは。だが、それはどうしようもない事実だった。わたしは悩んだあげく、最愛のひとり娘に最高のおくりものをしようと思った。しあわせに包まれた死をおくりたいと思った。恐怖のない、たのしい、美しい死を……」

「あなたをうらむことなく、しあわせで、清純な死でした」

おれはそれだけ言った。また、その通りでもあった。

「すべてきみのおかげだ。お礼の言いようがない」

「いいえ、あなたの思いつきに従っただけです。深い愛がなければ思いつけない……」

それだけ言って、おれはだまった。この父親に言うべき言葉を知らなかった。彼のほうでも、これ以上おれに言うべき言葉を思いつかなかったのだろう。だが、彼は無理をして、つぶやくように言った。

「昭子ほどしあわせに死んだ者は、世の中にめったにいないだろうな」

そして、苦労して笑おうとしたが、それのできるわけがなかった。おれも同様だった。おれのからだじゅうで涙が波うっているようだった。だが、目からは流れ出してこなかった。おそらく、相手も同様なのだろう。

遭難

宇宙を飛びつづけていた小さな宇宙船は、隕石《いんせき》にぶつかったらしく、はげしい衝撃を受けた。

「やれやれ、これはとんでもないことになったらしいな」

エヌ氏はひとり操縦席の計器盤を眺めながらつぶやいた。彼はカメラマン。ほうぼうの惑星の写真をとって回るのが仕事だった。

彼の職業のことなどはどうでもいい。問題は宇宙船の発電装置と通信装置とに故障がおこったということだ。しばらくは予備の電力が使えるとはいうものの、このままだとまもなく航行不能になる。

エヌ氏は非常の際にはどうすべきかを記したパンフレットを取り出した。そこにはこう書いてあった。

〈あわてることはありません。まず、点滅信号用のブイを空間に浮かせて、目印として下さい。それから、最も近い星に着陸し、そこで待っていて下さい。宇宙救助隊は、あなたがあらかじめ提出した旅行予定表の帰還日をすぎても戻らない場合、その道すじをたどってさがしに出かけます。あなたは必ず発見され、救助されるのです〉

要するに、時間はかかるがいずれは助かるということなのだ。この指示に従うほかに方法はない。

エヌ氏は宇宙船をなんとか操作し、近くの惑星に着陸させた。小さな荒れはてた岩ばかりの星で、動植物らしきものは見当らない。予備電力も、着陸してまもなくつきてしまった。しかし、彼は一応ほっとした。宇宙食はたくさん持ってきた。それを食べながら救助を待てばいいのだ。彼はロケット燃料を少し出し、それでコーヒーをわかして飲んだ。

気分が落ち着いてきて、エヌ氏はこれからなにをしたものかと考え、することがなんにもないのに気がついた。本でも持ってくればよかったと後悔したが、いまさらどうしようもない。彼は宇宙船のなかで体操をはじめ、疲れるまでつづけ、そして眠った。

しばらくは、この生活をつづけた。だが、食事と体操と睡眠のくりかえしなのだ。伴奏もなくひとりでやる体操ほど、つまらないものはない。ばかばかしくなって、やめてしまった。

といって、なにもしないのも退屈だ。つぎに、彼は宇宙船内部の壁に落書きをはじめた。しかし、これもそうはつづかない。自分で書いて自分で眺める落書きは、少しも面白くないのだ。やがて壁も一杯になったし、エヌ氏はそれをやめてしまった。

そのつぎに、エヌ氏は知恵をしぼり、手のこんだことをやった。ロケット燃料からアルコールを抽出し、それで酒を作って飲んだのだ。飲みながら歌をうたった。思い出せる限りの歌をうたった。しかし、ひとりではいっこうに楽しくならず、ひと通り歌ったら終りだった。

そのほか、考えつくままに工夫をこらしてみたが、いずれもそうはつづかない。一カ月ほどたつと、なにをやったものか、もうぜんぜん思いつけなくなってしまった。完全な退屈がはじまったのだ。救助隊がやって来てくれるまでは、どう早く計算しても、あと五カ月はかかる。そのあいだ、なにをやってすごしたらいいのだ。彼は恐怖を感じた。へたをすると、退屈さのあまり頭がおかしくなるかもしれない。

エヌ氏は宇宙船から出て、散歩をしてみようと思った。これは前にも考えたことなのだが、あまりにも単調な光景に、その気になれなかったのだ。岩ばかりの星で、生物がなにひとつ存在しない星だ。見物したところで、珍しいもののあるわけがない。

しかし、じっと退屈にとりまかれてすわっているよりはましだ。エヌ氏は宇宙服を着てそとへ出た。

しばらく歩いてみたものの、予想どおりなんの変化もない。引きかえそうかと思った時、岩山のかなたに異様なものを発見した。

形はユリの花を伏せたようで、高さは三メートルほど。あざやかな黄色をしていた。

「なんなのだろう、あれは……」

エヌ氏は緊張した声をあげた。こんな荒涼とした星の上に、あんなものがあるとは。見つめているうちにぶきみになり、彼は宇宙船に逃げ帰った。

そして、大急ぎで武器の手入れをし、起るかもしれない異変にそなえることにした。もはや、退屈どころのさわぎではない。あれは、いったいなんなのだろうか。彼はまんじりともせず考えつづけた。だが、もちろんわかるわけがない。

考えているだけでは解決しない。エヌ氏は望遠レンズをつけたカメラを用意し、あまり近寄らずに撮影して帰ってきた。

現像して眺めると、いくつかのことがわかってきた。どうやら人工的な建造物らしい。外側に模様らしきものが彫刻されてあるので、人工的と推察できたのだ。それは象形文字のようでもあり、なにかの記号のようでもあり、また意味のない模様なのかもしれなかった。要するに、それ以上の正体は不明だったのだ。

エヌ氏は気になってならず、毎日のように眺めに出かけた。そして、少しずつそばまで近づくのだった。ついには、おそるおそる手をのばして、さわってみた。だが、正体を知る手がかりは得られなかった。

高さは三メートルほど、黄色をした妙な形の建造物で、意味不明の彫刻がある。わかったことは、依然としてそれだけだった。

エヌ氏はひとつの仮定を想像した。これはどこかの宇宙人が作ったものではないかと。しかし、どんな宇宙人がどんな目的で作ったのかとなると、推理はたちまちゆきづまってしまう。

内部を調べればわかるかもしれない。だが、軽々しく実行する気にはなれなかった。なかに金属製の怪獣でもひそんでいて、飛び出してきたら大変なことになる。求めて危険をおかすことはない。

エヌ氏は毎日のように、宇宙船からこの妙な物体への散歩をくりかえした。まわりをまわりながら、内部になにがあるかを考えるのだ。だが、いっこうにわからない。

そっとたたいてみた。べつに反応はない。日がたつにつれて、たたくのを強くしていった。やはり反応はない。

なぞを知りたいという好奇心は高まり、そのうちには、押えきれないほどになった。

エヌ氏は穴をあけてみる決心をした。だが、材質も不明で、どうやれば穴をあけられるかわからなかった。ドリルは歯がたたなかった。薬品をかけてもだめだった。しかし、ロケット燃料の炎を噴射したら、焼けこげて小さな穴があいた。

なかをのぞくと、一辺が二十センチほどの四角な箱がつみ重ねてある。それだけだった。あれはなんなのだろう、彼は壁の穴を大きくし、その一つを手にとり、宇宙船へと持ち帰った。

このなかに入っているのはなんだろう。表面にはこれまた、意味のわからない記号だか模様だかが記されてある。これが読めたらなあ、と彼はいらいらした。だが、いかに頭をひねっても、解読のできるわけがない。

何日もためらったあげく、その箱をあけてみようと決心した。決心してからまた何日もかかって、苦心してそれに成功した。

うす緑色をしたゼリー状のものが入っていた。エヌ氏は鼻を近づけてみた。はじめてかぐにおいで、とくにいいにおいでも、悪いにおいでもなかった。有毒な物質なのかどうかの見当もつかない。

彼はまた、ためらったすえ、指先でさわってみた。そして、その指先を眺めて何日かをすごした。しかし、痛みもかゆみも起ってこなかった。さわるだけなら無害のようだ。

どんな用途を持つものだろう。それについて思いめぐらしながら、エヌ氏は時のたつのを忘れた。もしかしたら、宇宙人が貯蔵しておいた非常食のたぐいではないだろうか。

彼はこの想像にとりつかれた。だが、すぐに口に入れるような軽々しいことはしなかった。たとえ食品だったとしても、体質がちがえば、人間にとって有毒ということもありうる。分析してみればいいのだが、エヌ氏はカメラマンで、あまりその知識はなかったし、宇宙船には試薬の用意もなかった。

迷ったあげく、がまんがしきれなくなり、舌の先でなめてみた。すぐに口をすすいだが、いい味であることがわかった。平凡な味の宇宙食を食べつづけているせいもあったろうが、とにかく悪い味ではなかった。

二日ほどたっても、舌の先がしびれてくるということもなかった。エヌ氏はふたたびなめてみた。くりかえしているうちに、それでは満足できなくなってきた。そして、ある日。ほんの少しだけ飲みこんでみた。

その瞬間、エヌ氏は後悔した。こんな危険なことはしないほうがよかったのではと。しかし、もはや体内に入ってしまったのだ。これを食べたことで、どんな変化がおこるだろう……。

彼は不安を感じながら、それのあらわれるのを待った……。

そんなある日。空に宇宙船があらわれた。救助隊がやって来てくれたのだ。ロケットは着陸し、なかから出てきた隊員はエヌ氏に言った。

「助けに来たぞ。さぞ待ちくたびれたろう。しかし、もう大丈夫だ。さあ、出発しよう」

「ありがとう。だが、なによりもまず、健康診断をやってもらいたい。この変なものを食べてしまったのだ。害のあるものだったら、早く手当をしなければならない」

エヌ氏は問題の品を示した。隊員はそれを見て言った。

「これなら心配することはない。べつに人体に影響はない」

「そう言われただけでは、気分がさっぱりしない。いったい、この正体を知っているのか」

「ああ」

「ぜひ教えてほしい。なんなのだ」

「教えてもいいが、絶対に秘密を守ってもらわなければならない。それを誓うか」

「もちろん誓う。話してくれ」

「じつは、われわれ救助隊が、ほうぼうの無人の星に置いておいたものなのだ。遭難者のために……」

「そうだったのか。しかし、それなら説明書ぐらいつけておくべきじゃないか。おかげで、さんざん悩まされてしまった」

「それでは意味がない。これは不時着した遭難者が、荒涼とした星でさびしさや極度の退屈によって発狂するのを防ぐためのものなのだ……」

金の力

列車はわりとすいていた。洋三は客席に腰をおろし、移りゆく窓外の景色を眺めていた。列車は単調な音をくりかえしながら走り、高原地帯へとむかっていた。彼のおりる駅はまもなくだった。

そこを訪れるのは、洋三にとって五年ぶりになる。金を受取りに行くのが目的だった。かなりのまとまった金額だ。普通なら五年もたっているのだから、相当な利息がついているはずだが、この場合は無利息だった。それどころか物価の値上がりで、実質的には価値が下がってさえいる。

しかし、その点について、洋三はそう残念がっていない。むしろ、押えきれぬ微笑のため、ひとりでに口もとがほころびてしまう。三十歳をちょっと越した年齢というのに、子供のようにたわいない表情になる。

事情を簡単に説明すると、こうなる。洋三は五年前に強盗を働き、金をつかんで逃走することに成功した。ここまではよくある話だ。しかし、ありふれた犯罪者は、いい気になって金を使い女と遊び、そんなところから足がつき、ほとんどがつかまってしまう。

だが、洋三は賢明であり、そんなばかげた結末にならないように警戒した。すぐには使うまいと決心したのだ。すなわち、この高原地帯のある地点にそれを埋め、都会の小さな町工場に住込みで就職し、地道な生活をつづけた。

決心は容易だが、この実行にはなみなみならぬ自制心を必要とした。しかし、同時にかずかずの利益をもたらしてくれた。警察は捜査をほぼあきらめているだろう。目撃者たちの記憶も霧のかなたに薄れたことだろう。五年の歳月は洋三の容姿をもいくらか変えた。また、金が身

ぢかにあればつい派手に使い、怪しまれたりするが、埋めてあればそれもできない。彼は五年間をじっとがまんすると自分に誓い、ついにそれをなしとげた。

「長い年月だったな」

洋三は午後の日ざしのなかの、夢にも忘れたことのない景色を眺めながらつぶやいた。この五年間が、彼には二十年のごとく感じられた。暦の上では五年でも、彼の頭のなかでは正確に二十年が経過していたといっていい。

しかし、過ぎ去った時のことは、もうどうでもよかった。まもなく大金を手にし、思う存分に使うことができる。なんという、すばらしいことではないか。現代において、金は力であり、あらゆることを可能にしてくれる。できないことは、なにひとつなくなるのだ。駅が近づくにつれ、洋三はそわそわした。無理もないことだ。

駅へおりると、すがすがしい高原の空気が彼を迎えた。ごみごみした都会からやってきたせいもあったが、あこがれの地点に迫ったという実感のせいでもあった。

洋三はタクシーに乗ろうかと考えたが、それは思いとどまった。うきうきしすぎて、変に思われても困る。また、つまらないことを口走らないとも限らない。ここまで来て失敗しては、とりかえしがつかない。それに、一歩ずつ歩いて、喜びをかみしめたい気分でもあった。

小さな鞄《かばん》をさげ、歌を口ずさみながら、洋三はゆっくりと歩いた。車の通る広い道を進み、家並みがつきてしばらくすると、小さな道に折れた。少しのぼり坂になっている。この小さな丘を越したむこうが、その地点なのだ。

彼は図面らしきものを持っていなかった。そんなものを書いたら、他人にとられた時、紛失した時など困ったことになる。すべては頭のなかに記しておいた。これまでのあいだ、この光景を回想しない日は一日もなかった。そのため、記憶はつねに昨日のことのように鮮明だった。道をたどりながら、まごついたり立ち止ったりすることはなかった。

やがて、丘の頂に近づいた。もうすぐだ。このむこうのふもとに、ひときわ大きな木があり、その根もとに埋めてあるのだ。思わず足は早くなり、洋三は丘の上に立った。そして、叫び声をあげた。

「や、これはどうしたことだ」

洋三は意外なことを発見し、驚いた。といって、目標の木がなくなっていたわけではない。木は以前と同じにあり、地面に根をはっている。しかし、そこへ達する手前に、簡単な塀がめぐらしてある。

だれかが土地を買ってしまったらしい。よく注意して見ると、林の奥に建物がある。別荘なのだろうか。建物の大きさや感じからは、会社か団体の寮のようにも思えた。だが、門から訪問し、木の根もとを掘らせてくれと申し出るわけにもいかない。

「いささか、やっかいなことになったぞ」

洋三はつぶやき、腰をおろして腕を組んだ。しかし、そう失望はしなかった。落ち着いて観察すると、乗り越えられないような塀ではない。都会ならべつだろうが、こんな広い場所だ。入ったところで、発見されとがめられることもあるまい。しかも、夜になってからやれば、さらに確実というものだ。

彼は時間をつぶして待つことにした。持ってきた鞄をあけ、途中の駅で買った弁当を食べた。鞄のなかには小さなシャベル、金を包むためのフロシキ、それに万一の時のためのナイフなども入っている。暗くなったら、忍びこんで、すばやく仕事をやり終えればいいのだ。

うとうと眠って目をさますと、日は山のむこうに沈んでいた。あたりは薄暗く、ちょうどいい時刻になっていた。洋三は丘の斜面をおり、塀に近づいた。聞こえる物音といえば、遠くを流れる川の音ぐらい。人のけはいはまったくない。

手をかけて飛びつくと、塀は簡単に乗り越えることができた。暗くはあったが、目標の木はわかる。その根もとにたどりつき、彼はしばらくたたずんだ。

いま、大金の上に立っているのだ。わきあがる興奮のため、歯が鳴り手がふるえた。やがて、身をかがめ、鞄をあけ仕事にかかろうと……。

その時。強い光が洋三の目に入った。懐中電灯の光が彼をとらえたのだ。あまりに不意であり、予想もしなかったことであり、彼はしばらく呼吸を忘れた。

いくらか頭が働きはじめ、顔をあげると、そこには三人の男がいた。一人は中年の紳士で、物静かな上品な感じだった。あとの二人は腕っぷしの強そうな若い男。妙な組合せだった。どういう人たちなのだろう。洋三が考えていると、紳士が声をかけてきた。

「なにをしておいでです」

「じつは、その、なんということもなく、気まぐれで……」

洋三は満面に笑いをたたえて答えた。驚きと警戒と不安の上に、むりに作りあげた笑い顔だった。こんな表情はめったにないだろう。しかし、本当のことは言えないのだ。彼は一応ごまかし、相手の様子をうかがった。力ずくでやっつけようかと思ったのだが、それは無理なようだった。この場はうまく逃げ、あらためて方法を考えたほうがよさそうだ。

紳士はあいそよく応対してくれた。

「そうでしょう。その気持ちはわかりますよ。どうです、建物のほうでお休みになりませんか」

「それでは、お言葉に甘えて……」

ちょっと変な成行きだったが、さからわないほうがいい。洋三には不法侵入という弱味もある。ついてゆくと、部屋に通され、もてなされた。

「お酒はいかがです。コーヒーのほうがよろしいでしょうか。どうぞ、ご遠慮なく」

「では、お酒を少し」

洋三はウイスキーを口にした。そのとたん、強い眠けが襲ってきた。抵抗力をすべて奪われてゆくような感じだった。

ふと意識をとりもどすと、さっきと同じ部屋の、同じ椅子《いす》にかけている。紳士もまた前にいた。洋三は言った。

「どうしたことか、眠ってしまい、失礼しました」

「いや、なんでもありません。酒のなかに少し薬をまぜておいたのです。自白剤というもので、思っていることをしゃべらせる作用を持ったものです」

それを聞いて、洋三は青くなった。

「なんだと。おれがなにをしゃべった」

「二十年間も待ったのだ。木の根もとから金を掘り出すのだと」

「そうか。それを知られたからには、ただではすまないぞ」

洋三は凶暴な目つきになり、用意のナイフに訴えようとした。だが、どこにしまわれたのか、鞄はそばになかった。たとえあったとしても、使えなかったろう。薬の作用でも残っているのか、筋肉に力が入らなかった。それをやさしく見ながら、相手は言った。

「わかっていますよ。しかし、どうぞご心配なく。しばらくここにいらっしゃれば、よくなります」

「いったい、ここはなんなのだ」

「神経科の病院です。ある財団の寄付で作られた療養所ですから、費用の点はご心配なく。このような環境で規則正しい生活をすれば、すぐに社会に復帰できます。あなたも、都会のせちがらい日常で、そんな妄想を抱くようになったのでしょう。よくある軽い症状です」

こう言われ、洋三は自分の服を見た。患者用の服らしいものを着せられている。手まわしよく酒に薬が入っていたのも、そんな病院だからこそであろう。彼は声をあげた。

「とんでもない。おれは正気だ」

「しかし、こんなところで金を掘り出すなど、普通の人は考えないものです。二十年間も待ったとおっしゃるが、あなたは三十歳そこそこ。少し計算があわないでしょう」

「そんなことは、どうでもいい。おれは逃げてやる」

医者はそれをたしなめた。

「それはいけません。病人をほってはおけませんし、病気をなおすのがわれわれの義務です。塀には目立たぬように警報器がつけてあり、すぐにわかります」

さっき発見されたのは、その警報器とやらのためだったたようだ。脱走しようとしても、すぐつかまるだろう。強行しても、地元の警察が動いて協力することになっているのかもしれない。

洋三は案内され、個室に入れられた。ひとりになってみると、容易ならざる事態におかれたらしいことに気がついた。ちっとやそっとでは出られない。どうすればいいのだろう。少し様子を見て、対策を考えてみよう。医者はさいわい、埋めてある大金のことを、妄想だと思いこんでいるようだ。横取りされることもないだろう。

何日かがたった。しかし、さいわいどころか、好ましからざる状態となった。対策も立てようがない。

日課は平凡な作業と各種の治療だった。平凡な作業は退屈きわまるものであり、治療のほうはあまり気持ちのいいものではなかった。そして、定期的に自白剤を飲まされて検査される。思っていることをしゃべる薬だから、うそのつきようがない。そのあとで、医者からこう告げられるのだ。

「あなたの妄想は、よほど強いようです。なかなか消えません。もっとべつな療法をやってみましょう」

こんなことがつづいたら、どうなるかわからない。手をかえ品をかえ、新種の療法とやらをやられたら、それこそ本当におかしくなってしまう。病気でおかしくなったのなら、治療でもどせるだろう。しかし、治療でおかしくなったら、二度ともとにもどらないかもしれない。

なんとかして、早くここを出なければならない。それには、どうしたらいいのだろう。脱走が不可能となると、退院しかない。だが、それには頭のなかにある、金に関する記憶を消さなければならない。これまた不可能だ。それが消えた時は、頭がおかしくなった時だろう。

妄想ではないと、現実に金を掘り出して見せればいいかもしれない。しかし、そうなると別な問題が起ってくる。医者は土地の所有者として分け前を要求し、警察にも知らせるだろう。あげくのはて、警察は事件を思い出し、目撃者たちが呼ばれ、こっちは刑務所へ送られてしまう。それも困る。

洋三はいらいらし、医者はそれを病状の進行と診断し、治療に熱中した。洋三はこの打開策を考えつづけ、ついに、刑務所にも行かずにすみ、ここを出られる唯一《ゆいいつ》の方法を考えついた。そして、ためらうことなく実行した。

夜中にそっと起きて、木の下から金を掘り出し、ごみ焼き炉のなかに投げこんでしまったのだ。惜しいなどと言っている場合ではない。

自白剤による検査のあと、医者は喜ばしげにこう言った。

「やっと妄想が消えました。わたしとしても、苦心しましたよ。もう大丈夫です」

「おかげさまで……」

「これからは、平凡な職につき、むりな欲望を抱かないように心がければ、再発はしないでしょう」

「そういたします」

洋三は退院し、その指示に従った。ほかにしようがないではないか。もちろん、妄想は再発しない。しかし、死ぬまでなおらない、重いゆううつ症状に悩まされることになった。

黄金の惑星

「おい、宇宙船の飛行状態に異状はないか」

とエヌ博士が言った。窓のそとの光景は、限りない宇宙空間に散らばる星々ばかり。博士は地質学者だった。ほうぼうの惑星に着陸し調査するという仕事を持ち、宇宙の旅をつづけている。

「すべて順調ですわよ」

と報告がかえってきた。答えた女は操縦士兼助手。宇宙船の乗員はこの二名だけだった。といって、べつに問題もおこらない。それどころか、すべてに好都合だった。なぜなら、二人は夫婦だったのだから。

エヌ夫人は計器を見ながら聞いた。

「こんどは、どの星をめざしましょうか」

「まて、いま検討中なのだ」

博士はいままでの資料をいじりながら、目標とすべき星を選ぶべく、あれこれ考えつづけた。

その時。通信機がかすかにＳＯＳの電波を受信しはじめた。最大に増幅してみると、必死に助けを求める声を聞くことができた。

〈……ＳＯＳ、ＳＯＳ、われ黄金の惑星を発見せり。されど……。ああ、もうだめだ……〉

そして、電波は絶えた。

〈応答せよ〉

何回も呼びかけたが返事はなかった。博士は言った。

「いまの電波を発信した方角はわかるか」

「ええ、自動記録装置がついているから、すぐにわかりますわ」

「よし。その方角へ進もう」

「だけど、救助信号を受信したら、まず、もよりの基地に連絡し、その指示によって行動しなければいけないことになってるのよ」

「それは知っている。しかし、いまの通信を聞いたか。黄金の惑星とか言っていた。基地に通報するのもいいが、そうなると、秘密を保てなくなってしまう。それでもいいか」

「いやだわ。つまらない。さあ、急ぎましょう」

意見は一致し、宇宙船の進路は決定し、しだいに速力をあげはじめた。夫人は気づかわしげな顔で言った。

「救助を求めた人の宇宙船、どうなったかしら。まにあうかしら」

「さあ、あの声の様子や、通信が中絶した点から考えると、突発的な事故のようだ。助からなかったんじゃないかな」

「ほんとにお気の毒ね。せっかく黄金の星を発見したというのに。あたしたちでその黄金をひきつぎ、かわりに楽しんであげることにしましょうね」

夫人はうれしげな表情になった。宇宙船は虚空《こくう》を一直線に飛びつづけた。やがて、前方に一つの惑星が見えてきた。

「あの星のようだ。近づいてよく観察してみよう。望遠鏡でのぞいてくれ」

と博士は指さし、夫人はそれに従った。

「あら、大気もあり、水もあり、植物がはえているわ。小さいけど悪くない星のようよ」

「それなら、住民がいるかもしれない。どうだ、様子は」

「いるようだわ。ところどころに煙が立ちのぼっている点からみて、その程度の文化はあるようね。でも、数はたいしたことないみたいよ」

「もしかしたら、その住民に襲われたのかもしれない。どこかに宇宙船が着陸していないか、よく調べてくれ」

二人の乗った宇宙船はその惑星を一周した。望遠鏡をのぞきつづけていた夫人は言った。

「どこにもないわ。どうしたんでしょう」

「わからん。べつな原因による事故だったのかもしれない。それより、問題の黄金だ。なにかそれらしき物はあったか」

「ええ、草原のところどころや山の斜面などに、黄色く光る岩がころがっているわ。あれが黄金なのかしら」

「それはわたしが見ればわかる」

博士はかわって望遠鏡をのぞいた。地質学が専門であるだけに、色や輝きなどから、すぐにわかった。

「本物だ。まちがいない。住民たちが岩に金メッキをしたとは思えないから、黄金の塊にちがいない。これはすごいぞ。さあ、着陸してよく調査しよう」

博士は期待でうきうきした声を出した。宇宙船は地表へと下降していった。といって、注意を怠りはしなかった。気流や大気成分などを調べ、慎重に安全をたしかめながら徐々におりていった。病原菌だの、金属に有害な作用をおよぼすガスなどがあったら大変だからだ。

宇宙船は広い草原のまんなかに着陸した。見渡しのいいほうがいい。これなら住民や猛獣が近づいてきても、すぐにわかる。

住民たちは、遠くのほうからこっちを眺めている。べつに近よって来るようすもない。博士は言った。

「さあ、そとへ出よう。武器の用意を忘れるな。住民たちが近づいてきたら、光線銃を容赦なくぶっ放せ」

「ええ、そうするわ」

二人は宇宙船から出た。緑色の草原に、大小さまざまの黄色く輝く岩塊がころがっている。他の惑星では眺められない光景だった。博士はその一つに歩み寄って、装置を使って精密に調べた。

「たしかに本物だ。ほとんど純金に近い。ということは、この星にははかりしれない量の黄金があることになる。信じられないほどだ」

「あたしたち、大金持ちになれたのね」

「そうだ。他人にはこの所在を秘密にしておいて、時どき取りにくればいい」

「なんてすてきなんでしょう」

夫人は飛びはねた。博士にしても、それは同じ気分だった。しかし、いつまでも感激しているのは現実的ではない。

「さあ、宇宙船につんで持ち帰るとしよう」

二人はその作業にとりかかった。純金であるためけっこう重かったが、疲れたなど言っている場合ではない。つみこんだだけの金が、そのまま自分たちのものになるのだから。二人は巣に食料を運ぶアリのように、休むひまも惜しんで熱中した。

「あ、危ないぞ」

博士は不意に声をあげた。住民たちは最初のうちは遠くから眺めていたのだが、そのうちの何人かが、そっと近よってきつつあった。博士は光線銃をかまえ、引金をひいた。

もちろん、罪もない相手を殺すつもりはない。ただ、おどかしただけだった。銃からの光線は草に当ってそれを蒸発させ、一筋のあとを残した。

住民たちは接近をやめた。なにか叫びはじめた者があったが、博士がもう一回光線銃の威嚇《いかく》をやると、あわてて逃げていった。

「夜にならないうちに、積み終えよう。暗くなると、闇《やみ》にまぎれて、またやってくるかもしれない」

「だけど、夢のようね。帰ったらまず、この金で大型の貨物宇宙船を買いましょうね。それで、大量に取りに来ましょう」

「ああ。そうすれば能率的だ。なんでも手に入るようになるぞ。買いたい物を考え出すだけで一苦労しなければならなくなる」

やがて、船内の倉庫は一杯になった。もっと積みたかったが、残念ながら、今回はこれであきらめざるをえない。

「さあ、出発しよう」

「宝船に乗っているみたいな気分ね」

宇宙船は徐々に離陸した。黄金の重荷のため、急速な上昇は無理だったのだ。

「もっと噴射を強くしろ。こんなスピードではだめだ」

「だって、これが全開なのよ」

宇宙船は少し上昇したかと思うと、少し下降した。しばらくはよろけていたが、ついに力つきバランスを失ったように揺れだした。

「いかんな、惜しいが少し捨てるか」

「だめよ。そんなひまはないわ。船体がみしみし音をたてはじめたわ。これでは倉庫のドアはあかないわよ。早く脱出しないと爆発するわ」

「待て、救助信号を打ってからだ」

博士はそれに取りかかった。黄金の秘密を知らせたくはなかったが、それにふれたほうが、救助隊も熱がこもるだろうと思った。命にはかえられない。

〈SOS、SOS、われ黄金の惑星を発見せり。されど……。ああ、もうだめだ……〉

機内の赤ランプが、危険の迫ったことを告げて明滅している。二人は船外に脱出した。

パラシュートは無事に開いた。それにゆられながら眺めていると、ロケットは傾き、地上に落下し、激突した。爆発がおこり、船体はこなごなになって四散した。あれに乗っていたらと思うと、ぞっとする光景だった。

二人は相ついで地上へおりた。命は助かったというものの、これからの計画はまるでない。悲しそうな顔をみあわせ、話しあった。

「ねえ、これからどうしたらいいの」

「どうしようもない。運を天に任せるだけだ。いまの通信をだれかが受信してくれればいいが。しかし、いささか欲ばりすぎたようだな」

いまさら反省しても手おくれだった。そのうち、夫人はおびえた声を出した。

「あら、住民たちが四方から近よってくるわ。あたしたち殺されるのかしら」

「わからん。あきらめたほうがいいかもしれない。武器を持ち出すひまがなかった」

二人をめがけて、住民たちが迫ってきた。逃げることも、戦うこともできない。博士はやけになり、笑顔を作って、住民に話しかけた。ほかに方法もないではないか。

「こんにちは。いいお天気ですね」

すると、住民のほうもあいさつをした。

「ようこそ」

「なんだって……」

博士と夫人は目を丸くした。だが、住民のほうは落ち着いていた。

「ようこそ、と言ったんですよ。いけませんか」

「いけないことはない。だが、地球の言葉が通じるとは」

「それは当り前ですよ。地球人なんですから」

「しかし、いったい、なぜ……」

博士は息ごんで聞いたが、住民たちは相変らず平然と答えた。

「その説明も不要でしょう。あなたがたと同じにしてですよ」

「そうだったのか。しかし、もう安心だぞ。いま遭難寸前に救助信号を打っておいた。やがて助けが来て、みな帰国できる」

だが、相手はあまり喜ばなかった。

「みなさんそうおっしゃいますが、どうですかね。あなたはどうでした。わたしたちが注意しようとしたけど、光線銃で近づけなかったではありませんか。これからも、そのくり返しがつづくのですよ」

「どうしてもだめかな」

「残念ながら……」

二人は事態を知り、頭を抱えた。

「なんという不運だろう。これからどうなるんだ」

「ここで暮すのですよ。気候も悪くないし、食物もある。なれればけっこういいところです。黄金を眺めることもできるし、あなたがたのように新加入者がふえてゆきます。さあ、われわれの仲間にお入り下さい」

「それ以外はないようだな。よろしくたのむ。みなさんとうまくやっていければいいが」

「その点だけは大丈夫です。みな同じ性格、同じ反省の持ち主です。そして、同じあきらめと同じ期待とで生きている。こんなに気ごころの知れた者ばかりの社会は、ほかにないでしょうよ」

敏感な動物

都市にある大きなビル。一階には商店街があり、地階には喫茶店やレストランがある。その下の階は駐車場となっており、上のほうの階は事務室に使われている。昼間はせわしげに歩く人びとで一杯になるが、いまは深夜。薄暗く、まるで静かだった。

その青年はこのビルの警備の職についていた。ビルの警備を引き受ける会社の社員であり、ここが彼の担当というわけだった。定期的に内部を巡回し、火災や盗難などを監視するのが任務なのだ。

どの廊下からも、どの部屋からも、いまは物音ひとつ聞こえてこない。完全な静寂だった。彼の歩く足音さえ、ほとんどしない。裏がゴム製の靴をはいているせいだ。靴音を反響させては自分でもぶきみだし、また、不審な人物がいた場合、それを聞きつけてかくれてしまわないとも限らない。

青年は各階を見まわった。いたるところに静かさがみちている。昼間のにぎやかさとの対照があまりに激しいため、最初のころは薄気味わるく、自分の心臓の音ばかりが耳についたものだ。しかし、このごろはなれ、冷静に巡視をつづけることができる。

ふと青年は足をとめ、首をかしげた。どこからともなく、なにかの物音がしたような気がしたのだ。彼は神経を耳に集めた。

たしかに音がしていた。静かさの奥底からわき出るような音が、かすかに聞こえてくる。なにかが動いているけはいがする。だが、その音のもとがなんであるかは、彼にも推察できなかった。いままで聞いたことのない音だった。

青年は緊張した。手の警棒を握りなおし、身を固くした。音は依然としてつづいている。人の動く音ではない。機械類の出す音ともちがう。だからといって、安心することはできない。警戒心と好奇心は、むしろ高まった。いったい、なんなのだろう。

青年は正体をたしかめるべく、忍び足で音のしている方向へとむかった。音のもとは階段の近くのようだ。彼は廊下の曲り角から首をのぞかせ、目をこらした。

あまりに意外な光景がそこにあった。青年は、しばらく呆然《ぼうぜん》とたたずんだ。

何匹ものネズミが、列をなして進んでいる。どの部屋から出てきたのかはわからないが、廊下のすみを縫うようにはい、階段から下へと動いている。その行列は断続的につづいていた。

「これは、どういうことなのだ」

彼は思わずつぶやき、手から警棒を取り落した。床に鋭い響きがおこった。その音でネズミたちは驚いて散り、どこかへひそんでしまった。あとには、ふたたび静寂だけが残った。いまの光景が幻覚だったかのごとくに。

巡回を終えてから、青年はこのことを報告日誌に書くべきかどうか迷った。しかし、毎日ただ「異状なし」とだけ書き込む単調さにあきていたため、ついに記入することにした。だが、彼から提出された日誌に目を通した上司は、べつになんの感興もおぼえないような顔で、いつものように印を押した。

つぎの夜、青年はまたネズミの移動を目撃した。こうなると、どうも気になってな

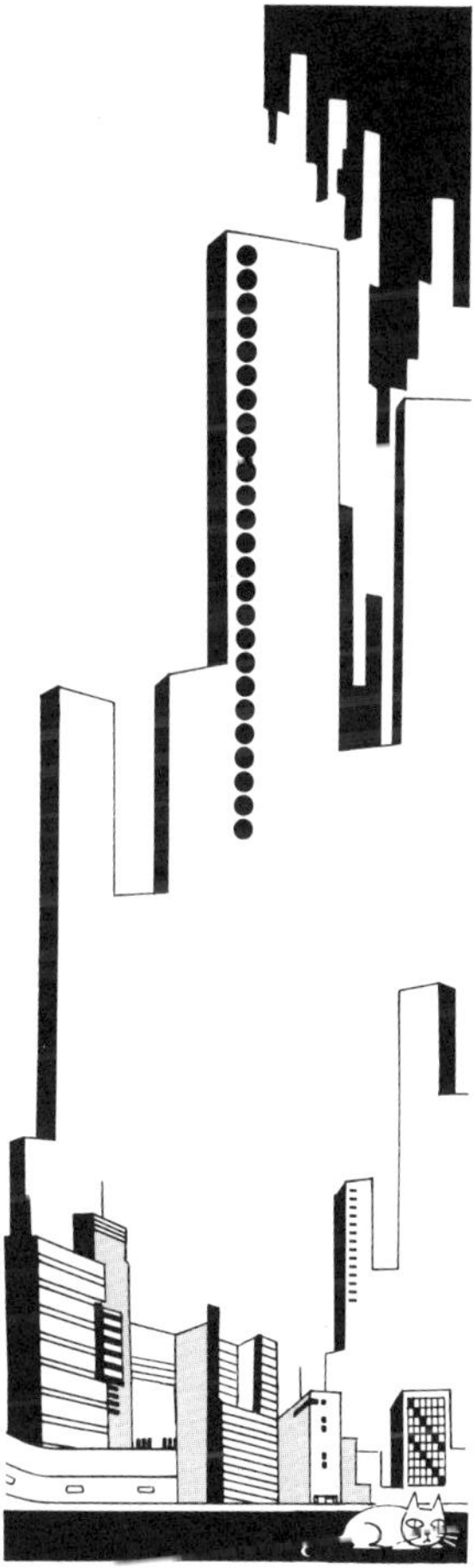

らない。そこで、それとなく同僚に話してみた。

「最近、ネズミの移動に気づかないか」

「そういえば、そんなこともあったな」

「なんだか変じゃないか」

「べつに、そうも思わないな。ビルにはネズミがつきものだし、ネズミだって時には動きたくもなるだろうさ」

「しかし、こんなことはいままでなかった」

「偶然だろう。あるいは、ネズミの社会でごたごたが起ったのかもしれないが、われわれの立ち入る問題じゃないだろう。それとも、大問題だという根拠でもあるのかい」

「いや……」

青年は黙った。そういわれればそれまでだ。といって、疑惑が消えてさっぱりしたというわけでもない。どうも、ただならぬ雰囲気が感じられてならなかった。

そのつぎの夜も、青年はビルの数カ所でネズミの移動を見た。もう呆然とすることもなく、落ち着いて眺める余裕ができた。そして、ある点に気づいた。これまでに目撃した限りでは、ネズミはどれも下のほうの階へと移動していた。その逆はなかった。

どこへ移動しているのだろう。その行先を知りたくなった。青年は下の階へとおりていった。食堂のくずの不始末のため、そこへ集るのではないかと思った。そうとしたら、さっそく責任者に注意をしなくてはならない。

だが、そうではなかった。くずはちゃんと処理してある。物かげにしばらく身をひそめて観察していると、ここでもネズミの行列を見つけた。さらに下へ行っているようだ。とすると、駐車場ということになる。駐車場になにがあるのだろう。やがて、その行先をつきとめた。いや、つきとめたとは呼べなかった。ネズミたちは駐車場の片すみにある穴から消えてゆく。つまり、地下の下水道へともぐりこんでゆくのだ。

どういう現象なのだろうか。これでは解答にならない。ふしぎさは不安の念を呼びおこす。青年は寒気のようなものを感じた。なにかの前兆ではないだろうか。しかも、よいことのではなく、悪いことの起る前ぶれでは……。

青年はためらったあげく、意を決し、警備会社の上司に申し出た。

「わたしの配置を、ぜひほかのビルに変えてください。お願いです」

「なぜだね」

「こんなことを話すと笑われるでしょうが、ネズミです」

青年の答えに、上司はいささかあきれた。しかし、あまりの熱心さに、笑いとばして片づけることもできなかった。

「そんなにネズミぎらいとは知らなかった。前例となっては困るが、どのビルを警備しても同じことだ。そんなに希望するのなら、他の者と交代させよう。だが、勝手を許すのは今回だけだぞ」

「ありがとうございます」

青年は少しほっとした。これで災厄からのがれることができそうだ。なにも起らないかもしれないが、それならそれでいい。いずれにせよ、安全な道を選ぶのは賢明なことだ。

青年は元気を取りもどし、つぎの日から、べつなビルでの勤務についた。これなら、もう変なことに心を悩まされることはない。

だが、その期待はくつがえされた。そこでも、やはり同じことが起っていた。ネズミたちが少しずつ移動している。下の階へ、下水道へと。この異変は想像していたよりさらに恐ろしい前兆ではないだろうか。彼は同僚に話さずにいられなかった。

「ただごとではなさそうだぞ、これは」

しかし、相手にされなかった。

「そんな程度のことを気にしたり、こわがったりするようでは、この商売はつとまらないよ」とか「だからどうなんだい」と笑われるのがおちだった。それに対し、言いかえす議論を持ちあわせていない。

「いや、それでもなにかが起るのだ……」

青年はガリレイばりの言葉をつぶやいた。きっと、いまになにかがはじまる。この都会で、あるいはもっと広い地域にわたって、なにかが起るのだ。ネズミが火事や水害を予知し、事前に逃げたという話を、かつて本で読んだことがある。そのような敏感な動物が、現にいっせいに移動している。

未来に待ちかまえているそれは、なんなのだろう。地震か津波だろうか。それとも、もっと恐ろしい戦争かも……。

青年は焦《あせ》りを感じ、恐怖にかられた。ことは重大なのだ。このまま黙っていてはいけない。迫りくる不幸を傍観していることは許されない。一刻も早く多くの人に知らせ、助けなければならない。

といって、いかに力説しても、同僚や上司は相手になってくれなかった。どうしたらいいのだろう。青年は思いあぐねたすえ、昼間の勤務外の時間を利用し、官庁へと出かけた。

「ネズミが大量に移動しています。なにかが起ります。真相を調査し、手を打ってください。みなに警告を出してください」

だが、どの役所でも問題にされなかった。ていよく追いかえされる。目撃していない者には、ぴんとこないのだろうか。

上役に報告してくれた官庁もあったが、待っている彼にもたらされた返事は、そっけないものだった。ネズミにそんな現象は起らない。起ったとしても偶然だろう、と。

それにもひるまずねばったら、

「ここへお行きなさい」

と地図を書いてくれた。期待して出むいてみると、その場所には神経科の病院があった。こんなにからかわれても、青年はあきらめることなく、警察をもたずねた。

「早く警報を出してください」

しかし、ここでも扱いは冷淡だった。青年は必死になり、興奮の大声をはりあげた。それを聞きつけてか、奥のほうから署長らしい人が現れた。

「こっちへ入れ。話を聞いてあげる」

という。青年は勢いを得てしゃべりつづけた。だが、説明し終ると相手はこう言った。

「よし、警告してあげよう。しかし、世の中に対してでなく、おまえにだ。いいか、二度とこのようなさわがせなことを口にするな。こんどやったら逮捕するぞ」

「しかし……」

「わかったか」

「わかりました」

こう答える以外になかった。だれひとり異変の話に耳を傾けてくれない。あげくのはてに、口を封じられてしまった。彼は新聞社へ寄ろうかと思ったが、それはやめた。どうせとりあってくれないだろう。また、本当に警察へ連行されてしまうかもしれない。

青年は面白くなかった。これだけ親切に知らせようとしているのに、どこも取りあげてくれない。それなら、勝手にしたらいい。みな、どうにでもなればいいのだ。しかし、おれはごめんだ。鈍感で無知な連中と運命をともにするなど、まっぴらだ。

青年は決意をかため、思いついた計画を実行に移した。まず休暇をとり、あり金をはたいて、食料品、小型ラジオ、懐中電灯、そのほか旅行用具をそろえた。それをたずさえ、ネズミの行先を追おうというのだ。

夜の街を歩き、下水道に首をつっこみ、それを調べるのは容易なことではない。時たま警官に声をかけられる。青年はそのたびに、適当にごまかさなければならなかった。しかし、その作業はあくまでつづけた。生き残れるかどうかのせとぎわではないか。ぐずぐずしてはいられない。

下水道をたどり、あとをつけると、ネズミの列は町をはなれ、野を横ぎって進んでいることがわかった。さらに林を抜け、ある谷間へとむかっていた。それに従って歩きながら、青年は安全地帯へ近づきつつあるらしいと感じた。しかし、進みつづけることができなくなった。障害にぶつかったのだ。鉄条網が張られていて「立ち入り禁止」の札が出ている。

入り口はないかと、それに沿ってまわってみると、あることはあったが、警官が見張っていて通行を許さない。頭からどなられ、追いかえされた。理由も告げられない。彼はあきらめねばならなかった。

その場はあきらめたが、引きかえすつもりはもちろんない。あくまで進まなければならないのだ。

しかし、なぜ通行禁止なのだろう。青年は考えたあげく、一つの結論を得た。やはり、災厄は襲ってくるのだ。それを察知した一部の階級だけが、自分たちの安全のみをはかって、この奥に避難しているにちがいない。大衆がどうなろうと、彼らにとってはどうでもいいのだ。

そういえば、あの警察署長の態度もおかしかった。秘密を知っているような顔つきだった。だからこそ、おれの口を封じようとしたのだ。

青年はかっとなった。おれにだって助かり、生き残る権利があるはずだ。

青年は突破を試みることにした。ネズミとちがって鉄条網を簡単にくぐることはできない。彼は夜のふけるのを待ち、地面を掘り、苦心してくぐり抜けた。見張りの者にも気づかれずにすんだ。

あたりの草むらにはネズミが集っているらしく、ざわざわと音がしている。いい気持ちではないが、危難をまぬがれるためなら、がまんすることぐらい問題ではない。

闇《やみ》をすかすと、むこうに小屋らしきものが見えた。青年はそれにむかって歩きながら、小型ラジオのイヤホンを耳につけた。まもなく訪れる危機についての情報でも聞ければと思ったのだ。そして、それを知ることができた。ニュースがこう放送されていた。

〈面白いニュースをお伝えいたします。ネズミを誘導し一カ所に集める超音波が開発されました。すでに実用の段階に入っています……〉

なんだ、そんなことだったのか。あの小屋のなかに、その装置があるわけか。がっかりする青年の耳に、ニュースはその先を告げた。

〈……ネズミは敏感な動物なので、感づかれないよう、すべて計画は秘密裏に進められました。しかし、もう公表してもいいのです。なぜならネズミは一カ所に集められており、まもなく焼き殺されるのですから……〉

青年はあわてててかけだそうとした。だが、もはや災厄の手からのがれられぬことを知らされた。周囲から熱い煙がただよってきた。

宇宙の英雄

〈いま私たちの星は、大変な危機にみまわれています。私たちは死に瀕《ひん》しております。このままでは滅亡です。どなたか力を貸して下さるよう、お願いします。大がかりな援助をとは申しません。いかに少なくても、私たちには精神的に絶大な助けとなるのです。お願いです〉

このような通信文をおさめた小型ロケットが地球にもたらされた。コンピューターが解読に成功し、以上のごとき内容と判明したのだ。なお、一枚の図面がそえられており、それには発射した星の位置が記されてあった。

男はこのことを知った。彼は宇宙パトロール隊員。そのため、民間には発表されないこの種の情報を、いち早く知ることができたのだ。

彼は若く独身で、優秀だった。たえまない訓練によって、筋肉はしなやかで強く、運動神経は鋭敏に保たれていた。また、克己心と勇気があり、使命感に燃えていた。あらゆる武器が使えたし、いかなる苦難にもたえうる力を持っていた。

男は上司の室に出頭して申し出た。

「志願いたします。わたしを派遣していただきたいと思います」

「きみのその精神には感服する。しかし、命令を出すわけにはいかぬ。第一に、きみのような優秀な隊員を、このような仕事で失いたくないのだ。第二に、文面からでは、どのような危機かよくわからぬ。本当に助けが欲しいのなら、くわしい内容の第二便を送ってくるだろう」

中年の上司は、おざなりの賞賛からはじめて、保守的な議論を展開した。男は反論した。

「切迫していて、あわてていたのでしょう。のんびりしていたら、手おくれになります」

「なったらなったで仕方がない。第三の理由は、図面によるときわめて遠い。われわれの管轄《かんかつ》空間をはるかに越えている。こんなことに予算は使えないのだ」

と、上司ははなはだ官僚的な結論を告げた。男はいちおう引きさがったものの、燃えはじめた心の炎は消えなかった。それは熱いささやきとなって彼を駆り立てるのだった。あの哀れな星を見殺しにはできない。いかなることがあっても行かねばならぬ。

男は同僚たちに呼びかけた。助けを求めるあの叫びを、聞き流しておいていいのだろうかと。しかし、反応はなかった。命令もないのに行くことはないいんじゃないか。わざわざ苦労を買って出るなんて、賢明じゃない。遠い星のことなんか関係ない。ほっておけばいいいんだ。

同僚たちの支持は得られなかった。男はひとりで上司と交渉しなければならなかった。

「ぜひ、わたしを行かせて下さい。旧式の宇宙船でけっこうですから、一台使わせて下さい。予算の不足分には、たいした額ではないでしょうが、わたしの退職金を充当なさってもかまいません。わたしとしては、地球人の良心と名誉のために、だまっていられないのです」

男の熱意は上司を動かした。各種の武器と医薬品が用意され、積みこまれた。宇宙船は誇らしげに出発した。だが、同僚たちはそれを、物好きなやつだなという視線で見送った。男はみなに反発の視線をかえした。なまけもので恥しらずで、利己的で臆《おく》病《びょう》なやつらめ、と。そして、自分自身に言いきかせるのだった。人類全部が卑怯《ひきょう》なのではない。おれがいる。たとえみんながしりごみしても、おれだけはちがう。いかなることがあっても行かねばならぬ。

宇宙船は星々の海へ乗り出した。暗黒の空間のなかで加速を重ね、ひたすら目的の星へと急ぎつづけた。しかし、出発後数日にして、予測しなかった事態が発生した。それは荷物室のなかからの声ではじまった。

「もう、がまんができないわ。あたし、退屈しちゃった。出してよ」

若い女の声。ひそかにもぐりこんだ者がいるらしい。どなりつけてやろうと思いながら、男はドアをあけた。しかし、その言葉はひっこめなければならなかった。

驕慢《きょうまん》な女性がそこにいた。すなわち、美人であり、しかも上司の娘だったのだ。これではどうしようもない。男は顔をしかめた。地球でデイトするのなら話はべつだ。しかし、ここは場ちがい。自分には任務がある。男は言った。

「こんなことをなさってはいけません。地球へお送りいたしましょう」

「いやよ。あなた、遠い未知の星へ行くんでしょ。あたしも見物したいわ。ねえ、いっしょに連れてってよ」

さからうわけにいかなかった。ただの密航者ならべつだが、無理をみとめてもらった上司の娘だ。とんでもない積荷をしょいこんでしまった。男は承知し、航行状態のバランスを保つため、女の体重に等しい武器をそとに捨てた。女はスマートであり、その点だけが救いだった。

これからは、武器の減ったぶんを、活躍でおぎなわなければならないだろう。しかし、やむをえない。上司の娘をほうり出すわけにはいかず、宇宙のはてにはおれの助力を待っている星がある。

「あなた、本当に仕事に行くんでしょうね」

と女が聞いた。隊員のなかには目的を果さず、適当に報告書でごまかす者もある。上司の娘だけあって、つまらない事情に通じている。男はむっとして答えた。

「行きますとも。いかなることがあっても行かねばならぬ」

そのうち、望遠鏡をいじっていた女が言った。

「あら、あそこにきれいな星があるわ。ちょっとおりてみましょうよ」

「いけません。寄り道などしているひまはありません」

「いいじゃないのよ。お願いよ。これ一回で、あとはわがままいわないから」

女に大げさに泣きつかれると、男は反対できなかった。着陸してみると、その星はたしかにいい星だった。

気温はほどよく、野原には花が咲き乱れ、おだやかな風が吹いていた。女は歌を口にし、踊るような足どりではねまわり、丘のむこうへとかけていった。

やがて、丘のむこうから悲鳴が聞こえてきた。男がかけつけると、女は数名の原始人につかまり、連れ去られようとしていた。男は投げ槍《やり》や矢をかわしながら、追いすがった。腰の光線銃を使うと、女を傷つけるおそれがある。男は組みつき、こぶしでなぐり、投げとばし、なんとか女を救出した。

しかし、災難がそれで終ったのではなかった。宇宙船へ戻ると、そこでも事件が起っていた。原始人たちは宇宙船を見てなんと思ったのか、なかに入りこみ火をたいている。

男はまた奮闘し、それを追い払った。調べてみると、火事のために燃料室と水槽が破損し、食料の一部が失われた。これでは目的の星へ直行できない。途中でいくつかの星に着陸し、補充をしながらでないとだめなようだ。男はそのことを告げた。

「ごめんなさいね。あたしのせいで、こんなことになってしまって」

女はあやまった。しかし、美人のあやまりかたは、どことなく心がこもっていない。といって、いまさらどうしようもない。

「もう、すんだことです。補充しながら進めばいいのです」

「でも、大変なんでしょう」

「大変でも、それ以外に方法はないのです。星がわたしを呼んでいるのです。いかなることがあっても行かねばならぬ」

男は宇宙船を操縦し、前進をつづけた。目的の星を一直線にめざすことができなくなり、飛び石づたいに複雑な航路をたどらねばならなかった。その計算だけでもやっかいだったが、彼はそれをやった。進まなければならないのだ。少しでも早く着かなければならないのだ。

水の補給のために、つぎに着陸したのは、悪夢のような星だった。恐怖が地表をおおっていた。

すなわち、巨大で強力な動物と、ツタ状の食肉植物の支配する星だった。夜になると植物は動物にしのび寄り、これを襲って食う。昼間は、動物が植物の葉を食い荒す。たえまない戦いと死とがつづいているのだ。

ここでの補給作業は容易でなかった。男は宇宙船をたそがれの地帯に着陸させた。動物が眠りにつき、植物が動き出す前のわずかな時間をねらってやりとげるために。

女はこわがって外へ出ず、男はひとりでやらなければならなかった。そのために作業が長びき、ついに植物が動きはじめ、つるに巻きつかれた。

「おい、光線銃でうつんだ」

男は宇宙船内に呼びかけた。何回かどなられ、女はやっと光線銃を手にした。しかし、ふるえているためなのか、腕前があやふやなためなのか、ねらいが乱れた。男はそれから身をかわすのと、植物からの脱出と、両方に神経を使わなければならなかった。

だが、沈着さと体力とでなんとか植物を振り払い、宇宙船に戻り、離陸させることができた。女はほっとして言った。

「スリルだったわね。だけど、一回でたくさんだわ。あたし、こんなことときらいなの。地球へ帰りましょうよ」

「それはできません。わたしには使命があります。そう勝手なことをおっしゃると、いかに上司のお嬢さんでも許せません。進むのがおいやでしたら、いまの星にお残り下さい」

強い口調のまじめな言葉で、女は少しおとなしくなった。

「いやよ、あんな星に残るのは。わかったわ。おっしゃる通りにするわ」

「そう願います。この空間の果てに、わたしの助けを待つ人たちがいるのです。いかなることがあっても行かねばならぬ」

宇宙の旅はつづいた。いくつかの星におり、また飛び立った。氷結しきった極寒の星におり、氷を砕いて水の補給をしたこともあった。焼けこげそうな熱気の星におり、燃料用の鉱物を採集したこともあった。

普通の隊員だったら、微妙な操作を誤って大事故をおこしたかもしれない。いや、その前に肉体か精神のいずれかがまいってしまったろう。まだ会ったこともない、なんの義理もない星の住民のために、なぜこうも苦しまねばならぬのかと、疑問を抱きはじめるかもしれない。

しかし、男は黙々とがんばった。この程度でくじけるような男ではなかった。時たま疲労のため、気が弱まることもある。そのたびに男は自分に命じ鞭《むち》うつのだった。いかなることがあっても行かねばならぬ。

だが、女のほうはそうはいかなかった。好奇心と気まぐれとでもぐりこみ、なんということなく出かけてきたのだ。自分を押えるものを持たなかった。

男は女をちやほやしなかった。二人だけの世界だから、普通なら恋がめばえ、たちまちその先に発展するところだ。だが、宇宙ではちがう。甘いムードに酔ったら、気のゆるみで事故をおこす。それに時間がなかった。航路の計算と操縦のために、男は眠るひまさえほとんどなかった。

女の内心の不満は、解消する方法がなく、内側にこもった。いらいらするか、うずくまってなにかをつぶやくだけだった。男はそれにも気をくばらなければならなかった。発作的にあばれだしたら困るのだ。ために、男の休養時間はさらにへった。

それがつみ重なったためか、ある星に着陸した時、女は宇宙船から飛び出し、あらぬことを口走りはじめた。

「すばらしい星だわ。すてきな男性がいっぱいいて、あたしに話しかけてくれるわ」

現実にはそんなものの存在しない、殺風景な星だった。しかし、男がいくら説明しても、女はそれをみとめない。ここで暮す、この星から離れないという。

むりに連れて行こうかどうしようかと、男は迷ったあげく、女をここに残すことにした。空気も水もある。男は宇宙船の食料の大部分を運び出し、女のそばに置いた。当分は死ぬこともないだろう。危険な猛獣もいないようだ。幻覚と遊んでいてもらったほうがいい。

使命を果したら、帰りに寄って連れ帰る。使命が果せなかったら、どっちにしろだめなのだ。男は女に別れをつげた。

この星の大気には、幻覚を促進する成分が含まれてでもいるのか、男の頭脳にも、なつかしい地球の幻があらわれた。にぎやかで、おだやかな光景だった。男はそれに引きこまれかけたが、すぐに察知し、気力で払いのけた。そして、つぶやきながら宇宙船を発進させた。

「いかなることがあっても行かねばならぬ」

幻覚は消えたが、宇宙船の食料はとぼしかった。緑の星を見つけておりたが見当ちがいで、毒草と毒虫だけが存在していた。

だが、男はあくまで進んだ。空腹のため何度か失神した。その、何回目かの失神の寸前、ひとつの星へ最後の力を振りしぼって着陸した。そのとたん、操縦席で男は倒れた。

気がついてみると、介抱されていた。話が通じはじめると、古い文明を持つ、上品で静かな星とわかってきた。問われるまま、男は自分の使命を話した。その星の長老は、まゆをひそめて忠告した。

「おやめなされ。そうまで自分を犠牲にすることはない。それは罪悪です。ここからお戻りなさい」

ほっそりした美しい少女は、こう男にささやいた。

「故郷の星に帰るのがおいやなら、ここにお住みになってもよろしいのよ。ここは美を愛し、芸術を楽しむのを信条とする星なのよ。おいやかしら」

男はしばらく考えた。だが、心の奥の情熱は、彼に拒否の返事をさせた。

「この星は好きです。しかし、わたしは進むつもりです」

「わからないわ。なぜ、そうまで……」

「わたしにもわかりません。しかし、自分の心がこう命ずるのです。いかなることがあっても行かねばならぬ」

住民たちは半ばあきれ、半ば尊敬した。引きとめるのをあきらめ、たくさんの食料をわけてくれた。男は未練を残さず、その星をあとにした。

またも苦難の旅が開始された。宇宙船は放射線のあらしをくぐり、隕石《いんせき》の海を越え、黒い星雲をつき抜け、巨大な恒星の重力と争った。

そのため計器に狂いが発生したらしく、つまらぬ寄り道をすることになるのだった。星をみつけて着陸するたびに、なにかしら問題がおこる。腐食性の沼に船体の一部をおかされ、巨大な怪獣との戦いで、弾薬のかなりの量を使い果した。そうしながら物資の補充をつづけるのだった。

執念が男にとりついていた。執念だけが男を動かしていた。目的の星で使命を果さねばならない。そして、帰りには美しい星へ寄って感謝の言葉をのべ、幻覚の星に寄って上司の娘を連れ、地球へと戻るのだ。この責任感が宇宙船を前進させた。男は操縦席から前方をみつめながら、大声で叫びつづける。

「いかなることがあっても行かねばならぬ」

苦難と執念と時間とがまざりあって流れていった。そのあげく、やっと前方はるかに目的の星をみいだした。男はそれに接近し、宇宙船を降下させた。

広場が見えてきた。そこに集っている大ぜいの住民が見えてきた。だれもが上を見あげ、手を振っているのまで見えてきた。

無事に着陸をおえると、住民たちの表情が見えた。期待に輝く目で、宇宙船を見つめている。ドアをあけてそとへ出る。待ちかねていた唯一《ゆいいつ》の救世主を迎えるように、純粋な視線が男に集中した。

男はそれを痛いほど感じ、うれしかった。ここで自分がどれほど役に立つかわからないのに、こんなにも喜んで迎えてくれる。長く苦しみにみちた旅だったが、来てよかった。勇気と愛とは星と星を結ぶ不変の原理なのだ。それを思うと、男の身はふるえ、目からは涙が出た。地球を出発して以来、一回も流したことのない涙が。

翻訳機が調整され、会話がかわされた。住民の代表が男の手を握って言った。

「よくおいで下さいました。途中、さぞ大変だったでしょう」

「ええ……」

男はうなずいた。彼の顔はやつれ、宇宙船も傷ついている。かつては美しい銀色に輝いていたのが、いまはみるかげもない。代表もそれに気づいて言った。

「お疲れでしょう。ひとまず、ゆっくりお休み下さい。それから、歓迎会ということにいたします」

「歓迎だなんて、わたしがそれに値するかどうか、まだおわかりにならないではありませんか。出発の時に武器のたぐいをつみこんだのですが、じつは途中で……」

男は説明しかけたが、代表はさえぎった。

「そのお話は、あとにしましょう。わたしたちは宇宙を越えておいでになった英雄を歓迎しないと、気がすまないのです」

「英雄だなんて、とんでもありません。当然のことと思って来たまでです。問題の解決に、いくらかお役に立てばいいのですが……」

「そのお言葉で、みなはどんなに元気づけられるでしょう。問題は解決したも同然です」

「いったい、問題はなんなのです。死に瀕《ひん》しているとかいう通信でしたが」

「ええ、そうだったのです。しかし、あなたがいらっしゃったからには、もう安心です」

会話には少し要領をえない部分があった。男はあらためて、まわりをとりまく住民たちを眺めた。

文明の程度は地球とほぼ同程度らしかった。住民たちはつぎつぎに集ってくる。そして、男を人垣ごしにみとめたとたん、あきらめきっていた表情が、急に元気をとりもどすのだった。男は代表に言わずにはいられなかった。

「わたしがお役に立つのは、たしかなようですね。どんな問題で悩んでおいでだったのです。いったい、なんで死にかけていたのですか。わたしはその理由を早く知りたい。教えていただけないのですか」

代表は、心からこみあげる満足感を押えきれない声で言った。

「お教えしますとも。わたしたちは娯楽に飢えていたのです。平穏無事のため、死にそうなほど退屈していました。しかし、お恥ずかしいことですが、だれもそれを提供しようとする、勇気のある者はいなかった。そこで、あのような通信文を出したのです。ずいぶん発射したのですが、的中率が悪いのか、黙殺した星が多いのか、おいでになったのは、あなたがはじめて。だからこそ、みなが喜び、元気を取り戻したのです。作りものでない、手に汗を握る冒険の話、真実の記録に接することができるからです。歓迎会でのあなたの講演は、マスコミによってこの星のすみずみまで行きわたるのです。あ、そうそう、あまり興奮して、あなたの講演の題をきめるのを忘れていました。男性的で、ヒューマニズムと冒険を直感させるような題をつけなければなりません。少し長ったらしいけど、こんなのはどうでしょう。〈いかなることがあっても行かねばならぬ〉」

魔法の大金

まともに働くのがきらいで、酒を飲んで遊んでばかりいたエヌ氏は、ついに身動きがとれなくなってしまった。金がなくなり、なんとかしなければならない状態になったのだ。

しかし、依然として、まともに働く気にはならなかった。思案したあげく、彼は魔法にたよろうと思いついた。そして、図書館に出かけて古い本を読みあさり、なんとかその秘法らしきものを知ることができた。熱のこもった祈りであった。それに応じて、やがて煙とともに妙な人物が出現し、エヌ氏に話しかけた。

「わしは悪魔だ」

「これはありがたい。みごとに成功したようだな。こううまくゆくとは……」

エヌ氏がつぶやいていると、悪魔が言った。

「呼び出したのは、なにか用があるからか」

「もちろんでございます。ぜひ、わたしをお助け下さい」

「願いをかなえてやってもよい。だが、一回だけだぞ」

「けっこうでございます。じつは、財産がなく困っているところでございます」

「では、財産を作ってやろう。城がいいか、美術品がいいか、王冠がいいか、それとも名馬はどうだ」

「いずれも結構でございますが、できましたら紙幣にしていただきとうございます。現代では、なにをするにも便利ですから」

「よし。では、それにしよう。しかし、紙幣とはどんなものだ」

「はい。このようなものでございます」

エヌ氏はとっておきの一枚の高額紙幣を出した。悪魔はそれを眺めながら言った。

「これをどれくらい欲しいのだ」

「はい、百枚、いや、千枚、できれば一万枚ほど……」

「お安いご用だ」

と悪魔は息を吹きかけた。たちまち、そこに紙幣の山ができあがった。一万枚はありそうだ。手に取ってみると、どれが見本に渡した一枚か、まったくわからない出来だ。エヌ氏は目を丸くした。

「すばらしいお力です」

「これでいいか」

「ありがとうございます。なんとお礼を申しあげたものか……」

「では、さらばじゃ」

と悪魔は消えた。エヌ氏は紙幣をカバンにつめ、銀行に運んだ。家においておくのは不用心だからだ。銀行の窓口の人は、それを受取って驚いたような口調で言った。

「大金でございますね。どこで手にお入れになったのですか」

「なんでもうけたのかを、説明しなくてはいけないのか」

「いえ、普通の場合ならかまいませんが、この紙幣はどれもこれも同じ番号ですので……」

声

静かなホテルの一室。静かなのは防音の設備がととのっているためでもあるが、そうでなくても同じことだ。ここは都会をはなれた高原地方に建てられたホテルであり、いまはシーズン・オフ、それに時刻は深夜だった。

ベッドの上には、ひとりの青年が眠っていた。彼はこのところ、仕事をしすぎて疲れぎみだった。その時、会社の同僚から、静かに休養できるホテルがあるとすすめられ、ここへやってきたのだった。

期待は裏切られなかった。昼間はひとり近くを散歩したり、のんびりと読書にふけることができた。それらに飽きると、持参してきた小型プレイヤーでレコードを聴いたりもした。ホテルの部屋にはテレビやラジオも付属しているが、彼はほとんど利用しなかった。わざわざここまで来て、それらを楽しむ気にはなれなかったのだ。

突然、電話のベルが鳴り出した。いらだたしげな響きが、暗い室内を飛びまわり、青年を深い眠りから引っぱり出した。彼はスタンドをつけ、時計をのぞいた。

「なんだ、夜中の二時じゃないか。だれからだろう。こんなことをされたら、せっかくの休養がだいなしだ。夜中は取り次がないよう、ホテルの人に言っておけばよかった」

いくらか腹を立て、いくらかの不安を感じながら、電話に手を伸ばした。耳に当てた受話器の奥で、こんなささやき声がした。

「どうだい、元気かい……」

言葉はそれだけで、電話は切れた。文句を言うひまもなかった。

「ばかばかしい。交換のまちがいか混線だったのだろう」

青年はつぶやき、中断された眠りの道をふたたびたどろうとした。しかし、なにかが心にひっかかり、どうも眠りが妨げられる。彼はその原因をさがし、まもなくさがしあてた。いまの電話の声。どこかで聞いたことのある声。そうだ。あれはたしかに自分の声だった。

青年は思わず身を起した。ありえないことだ。夢か幻覚だったにちがいない。しかし、それにしては、あまりに記憶が鮮明だ。

タバコをくわえて一服しようとした。だが、手がふるえてマッチがなかなかうまくすれなかった。

彼はこわごわと電話機をみつめた。手にはまだ、さっき握った時の触感が残っている。胸の動悸《どうき》が高まってきた。いまにも、またベルが鳴り出すのではないかと思えたからだ。そんなことになったら、ベルの音は動悸に共鳴し、心臓を爆破するかもしれない。

息をひそめたなかで、しばらくの時が流れた。しかし、電話は鳴らなかった。やがて、青年は指に熱さを感じた。タバコが燃えて短くなっていた。彼は急いで灰皿に捨てた。

これでいくらか冷静さがもどった。と同時に、眠けのほうもすっかりさめてしまった。

なにかで気分をやわらげなければならない。青年は部屋のすみに行き、ラジオのスイッチを入れた。深夜放送でも聞こうと思ったのだ。弦楽曲が流れ出し、彼はそれに耳を傾けながら、ほっとため息をついた。やはり、あれはまちがい電話であり、世の中には似たような声の主もあるはずだ。

ラジオの音楽は終り、アナウンサーの声となった。

「夜おそく、ラジオをお聞きのみなさま……」

それを耳にし、青年は反射的にスイッチを切った。さっきの電話と同じ声、つまり自分の声ではないか……。

どこかがおかしい。どうおかしいのだろう。それをたしかめるには、もっとよく聞いてみなければ……。

だが、それは不可能だった。手が震えて、とてもスイッチを押せないのだ。彼は青ざめた顔であとへさがり、ラジオから離れた。背中がなにかにぶつかり、ふりむくとそれは窓だった。カーテンを少しずらせ、そとをのぞく。

しかし、まっくらでなにも見えない。都会ならば灯のいくつかは見えるだろうが、ここは高原なのだ。濃い闇《やみ》だけが、すぐそばまで迫っている。窓をあけたら、闇が流れこんできそうだった。

「どうしたのだろう。いったい、なにが起ったのだろう」

静かさに対抗するため、彼は声を出してみた。ふつうなら、自分を力づける役に立つ。しかし、いまはちがった。自分の声がこんなにも無気味に響いたことはなかった。なぜなら、それはだれとも知れぬ相手の声でもあるのだから。

青年は口をつぐんだ。静かさは戻ったが、心の平静さは消えつつあった。頭のなかで、なにか熱い塊が大きくなり、駆けまわりはじめたようだった。

彼は冷静になるための方法を求めた。そして、小型プレイヤーのあることを思い出した。いまは音が必要なのだ。彼はコンセントを差し込み、レコードをのせ、針をおろした。盤をこする針の音がかすかにつづいた。音よ出てくれ、音楽よはじまってくれ、と彼は祈った。

それに応じるように音が出た。だが、音楽ではなく声だった。

「どんな曲にいたしましょう……」

またも、あの声。自分の声だ。青年は足でけとばした。部品のきしむ音がし、コードがはずれ、音はとまった。

口のなかは乾ききっていた。なんとかしなければならない。それはわかっているのだが、どうしたらいいのか見当もつかなかった。世界が狂いはじめたにちがいない。

しかし、どこがどう狂ったのか、事情も原因も対策も、まったくわからなかった。不安は洪水のように高まる一方だった。とりあえず、忍び寄ってくるあの声を阻止しなければならない。それには、出口をふさぐことだ。プレイヤーはこわした。もう鳴り出す心配はないだろう。ラジオやテレビは、スイッチを切ってある限り、大丈夫だろう。電話は……。

青年はまた電話に目をやった。問題はこれだ。ふたたび鳴り出さないという保証はない。それを防ぐには、受話器を外しておいたほうがいいだろう。彼はこの思いつきを実行した。これで一安心といえるだろう。

しかし、静寂のなかで、どこかで細い声がした。これは気のせいだ、と青年は自分に言いきかせた。声の出口は、もうどこにもないはずだ。それなのに、声は依然としてささやきつづけている。

おびえた目つきで室内を見まわし、彼はそれを発見した。いま外した受話器からだった。外したために、ホテルの事務室につながったのだろう。

そのことに気づき、彼は苦笑いした。突破口がここにあった。なぜ、もっと早く気がつかなかったのだろう。これで救いを求め、事態について話しあえる者を呼べばいいのだ。受話器を手にし、元気をとりもどした口調で話しかけた。

「ちょっと、だれか来てくれないか。様子が変なんだ」

「なにが変なのでございましょう……」

という相手の言葉が終らないうちに、青年は両手で電話機を持ちあげ、コードを引きちぎり、床にたたきつけた。またも、あの自分の声だったのだ。

彼は焦《あせ》り、いたたまれない気分になった。だが、なにをすべきか思い当たらない。床の上を歩きまわり、頭に手を当てた。頭のなかは燃えるようであり、また、冷えきってゆくようでもあった。すべての細胞があばれているようであり、一つずつ死んでゆくようでもあった。

青年は神経の疲労に耐えられなくなり、ベッドに倒れた。起きていたくない。といって、とても眠れるものではない。

その時、足音が廊下を近づいてきた。青年はそれを耳にし、顔をあげた。足音はドアの前でとまり、ノックの音となった。

「だれです」

青年は期待して聞いた。救いの手が来たのかもしれない。そして、答えがあった。

「お呼びだったそうで……」

またも同じ声だ。青年ははね起き、ドアに突進し、内側から押えて叫んだ。

「いいんだ。帰ってくれ。二度と入ってくるな」

「はい、そういたします」

足音は遠ざかっていった。

いまのはだれだったのだろう。頭のなかにかすかに残る冷静な部分で、青年は考えた。好奇心はあったが、恐怖のほうがはるかに大きかった。あの声の主となると、それは自分ということになる。そんなのをなかへ入れたら……。

どうなるかはわからないが、恐るべきことになるらしいとは予測できた。この自分自身が存在しなくなるのでは……。

いや、もはやすでに存在しなくなりかけているのかもしれない。

彼はすがりつくべきものを求め、部屋のなかを見まわした。そして、壁にかけてある鏡を見つけた。

これだ。まだ、それをのぞいていない。そこにうつる自分の姿を確認すればいい。彼にはこれが最終の糸のように思えた。なにもうつらなければ、それまでだ。しかし、そんなことがありうるはずがない。

青年は鏡の前に立ち、まっすぐに見つめた。姿はそこにうつっていた。彼は勝ちほこったように叫んだ。

「ほらみろ。ぼくは存在している。たしかなんだぞ」

しかし、その時、鏡の奥の姿が答えた。

「そうかね。たしかなのは、こっちのぼくだよ」

それを聞いたとたん、青年は頭の芯《しん》でなにか音を聞いた。とりすがっていた最後の糸が切れた音だ。彼の目は焦点を失い、表情は消え、口は意味のないつぶやきをもらすだけとなった。

その鏡の奥では、低い声の会話がつづいていた。片側から見れば鏡だが、反対側からは見とおすことのできる特殊ガラス製だった。話しあう声は、例の声ではない。

「いかがでしょう。お約束どおり致しました」

「みごとだ。殺し屋などにたのまなくてよかった」

「殺人などはつかまった時に刑も重いし、第一、時代おくれでございます。しかし、狂わせるのでしたら、そんな心配はございません。もっとも、わたしたちのごとく技術を持ち、時に応じて必要な道具をそろえられる者でないとできない仕事ですがね」

「それにしても、こううまくゆくとは思わなかった」

「証拠になるような品は、あとですべて始末しますし、ホテルの係には充分に金をつかませておきます。また、薬品を使ったのではありませんから、その点で発覚することもありません。しかし、あなたは同僚であるこの青年を、なぜ狂わせなくてはならなかったのです」

「早くいえばライバルだからだ。これで彼が不適格になれば、社長の娘の結婚相手として、ぼくが確実な候補に浮かび上がれる」

「それはおめでとうございます。費用を惜しまなかったのも、もっともです。では、残りの料金をいただきましょう」

「まて、本当に狂ったのかをたしかめてからだ」

「そばへ寄って確認なさりたいのでしたら、この合鍵《あいかぎ》でどうぞ」

やがて、鍵をまわす音がした。それにつづいて、調子の変な、あきらかに狂った者の叫び。

「入るなといったはずだぞ」

さらにつづいて、なにかが強くぶつかる音。苦しげな悲鳴。そして、人が床に倒れるにぶい音がした。

人間的

財産家で年配のアール氏は、若い学者のエフ博士を訪れた。しばらくの雑談ののち、アール氏が言った。

「ロボットもいいが、もう少しなんとかならんものかね。わたしの家でも以前からロボットを使っているが、どうも不満だ」

エフ博士は聞きかえした。

「いったい、どんな点がお気に召さないのですか。わたしもその分野の学者のひとりとして、参考のために知っておきたい」

「要するに、面白味がないんだな。たしかに仕事は忠実で、便利なものだ。しかし、なにを言いつけても、はい、わかりましたと答えて、その通りにやるだけだ。正確に機械的にやってくれる。この科学の成果に感謝しなければならないことはわかっているのだが、なんとなくつまらない気分なのだ」

ぜいたくを言うなと反論するかと思ったが、エフ博士はうなずいて言った。

「その気持ちはわかります。いずれはそのような意見が出るのではないかと、わたしも前から予想していました」

「そんな言葉をロボット学者から聞けるとは思わなかった。ということは、なにか解決策を研究中というわけだな」

「そうです。じつは、少し前に新しいロボットを試験的に作ってみました。そして、それを人生修業に出したのです」

「修業に出しただと。ロボットを修業に出すなどという話は、聞いたことがない。どういうことなのだ」

アール氏はいささか驚き、目を丸くした。エフ博士はその説明をした。

「いままでのロボットですと、製作と同時に基本的な記憶がくみこまれ、そのごも必要にして充分な記憶しかとり入れません。だから、機械的で正確なものになってしまうのです。しかし、今回のはちがいます。記憶装置に余分な力を残しておき、人間たちのあいだで生活させたのです。だから、従来のものにくらべ、プラス・アルファがあるはずです」

「なるほど、人間味をおびてくるわけだな。で、その結果はどうなった」

「まだ、なんともいえません。なぜなら、その修業期間が終って帰ってきたのが、きのうなのですから。これからしばらく、ここで使ってみて、働きぶりを観察しようというところなのです」

エフ博士の話を聞き、アール氏は身を乗り出した。

「それをわたしの家で使わせてくれないか。使いごこちについては、わたしが報告書を書くよ。いままでのばか正直だけのロボットには、もうあきあきし、がまんできなくなっているのだ。べつに危険なこともないのだろう」

「その点は大丈夫です。人間に危害を加えることだけは、設計上、絶対にありません。しかし、人間からどんな性質を受け、どんな働きぶりをするようになったかは、なんにもわかっていないのです」

「だからこそ面白いのだ。ぜひ貸してくれ。使用料ならいくらでも払う」

アール氏は強引にたのみ、とうとう承知させてしまった。そして、エフ博士からそのロボットを借りうけ、自宅に連れて帰った。

「さて……」

椅子《いす》に腰をおろしたアール氏が言うと、ロボットは答えた。

「はい。なにかご用でしょうか」

「なんだか、いままでのロボットと大差ないようだな。しかし、まあいい。酒が飲みたいのだ。ブルー・ノバというカクテルを作ってくれ。作り方を知らなければ、棚の上にのっている本に出ている」

いままでのロボットだと、すぐ仕事にとりかかったが、こんどのは立ったままだった。アール氏はさいそくした。

「おい、なぜやらないのだ。できないのか」

「もちろん、できます。しかし、お酒はいけません。からだによくありません。内臓にも頭脳にも益はまったくございません」

「心配するな。胃が悪くなれば薬を飲む」

「それこそむだでございます。おやめになるよう努力なさるべきです。その意志の力が弱く、どうしても作れとのご命令なら作りますが……」

「いいよ、わかったよ。酒を飲む気がしなくなってしまった。あとで自分で作って飲む。では、かわりに郊外へドライブしよう。おまえは運転をやってくれ」

と、アール氏は別な命令をしたが、ロボットはやはり立ったままだ。アール氏が文句を言うと、ロボットは答えた。

「このところ、自動車事故がふえております。運転をロボットにまかせておけば安全なのに、自分でハンドルをにぎりたがる人がいるからです。そんなのにぶつかられたら、どうしようもありません。家においでになったほうが安全です。景色がごらんになりたいのでしたら、立体カラーテレビをおつけ下さい。新鮮な空気がお吸いになりたいのでしたら、空気調節装置のダイヤルをお回し下さい。事故にあってもかまわないからドライブに行けというのでしたら、もちろんご命令に従います。わたしのからだはどんな目にあってもこわれませんから、平気です」

「いやなことを言うやつだ。ドライブをしたくなくなってしまった。わたしはもう眠る。おまえはこの部屋の壁紙のはりかえをやっておいてくれ」

しかし、ロボットは答えた。

「それでしたら、もう少しお待ちになったほうがいいでしょう。まもなく、新しい壁紙が開発されるはずです。いままでのにくらべ、丈夫で汚れず、音の反響、色彩、その他すべての点ですぐれています。いまはりかえて、すぐそれにとりかえるのは、もったいないと思います」

「金のことは心配するな」

「はい。むだということを、充分にご承知の上でのご命令でしたら……」

「もういい。やめた。そのへんで休んでいろ」

アール氏は使うのをあきらめた。念のために壁紙会社に電話して調べると、ロボットの言う通り、近く新製品発売の予定とのことだった。

翌日、アール氏はロボットを連れて、エフ博士のところへ行った。博士は言った。

「どうでした、使いごこちは」

「たしかに、いままでのとちがって人間的だ。しかし、人間的すぎる。なにか命令するたびに、からだに悪いとか、危険だとか、むだだとか忠告する。それだけ主人に忠実なわけだろうが、使いにくくてしようがない。人生修業とかで、どこかで説教癖を身につけてきたらしいぞ」

「しかし、説教好きになるようなところへは修業にやらなかったはずですが……」

「といっても、事実そうなのだ。よく調べてみてくれ」

エフ博士はふしぎがりながら、精密検査にとりかかった。それには時間がかかったが、アール氏は好奇心を抱いて待っていた。やがて、エフ博士が言った。

「なるほど、たしかに今までのロボットとちがって、人間的な性質をそなえています」

「そうだろう。だが、なんで説教癖などをそなえたのだろうか」

「いえ、説教癖ではありません」

「では、なんなのだ」
「たくみに口実を作ってなまけたがるという性質ですよ」

破　滅

それはちょうど、犯罪物テレビ映画の終幕のような光景ではじまった。

ある夜。郊外にある一軒の豪華な家を、警官たちがものものしく取り囲んでいた。警官のほかに、麻薬取締官も加わっていた。いずれも拳銃《けんじゅう》を手に、油断なく身がまえていた。

目標の家には、麻薬密輸業者の主犯と子分たちがいる。いままでは、踏み込むには証拠が不足だった。しかし、きょう大量の品の運び込まれたことが確認された。これから一挙に乗り込み、現物とともにうむを言わさず、一味を取り押えようというのだ。

夜の闇《やみ》のなかで、警官たちはささやきあった。

「すなおに手をあげてくれるだろうか」

「さあ、なんともいえないな。なにしろ、売ればとてつもない金額になる麻薬だ。簡単には渡す気になれないだろう」

「抵抗し、包囲網からの脱出を試みることになるな」

「その可能性はある。うわさによると、主犯はなかなかのしたたか者らしい。力が強いうえに柔道を知っている。性格は図々《ずうずう》しく残酷だ。頭も悪くなく、思い切ったことを決行する人物らしい」

「そうでなかったら、悪の親玉の仕事はつとまらないだろうな。今夜は撃ち合いを覚悟しなければならないようだな」

緊張のみなぎるなかで時間が流れ、やがて態勢が完了した。家をめがけて照明が当てられ、パトロールカーの拡声器から呼びかけがなされた。

「さあ、家は完全に包囲した。逃げようとしても、むだだぞ。おとなしく手をあげて出てこい」

それに応じて家のなかでざわめきがおこり、銃声があがった。それに反撃する警官側。弾丸は空気をふるわせ、ガラスを割った。樹木や石のかげを縫いながら前進する警官たち……。

その混乱のなかで、家の裏側から一人の男が忍び出てきた。あとを子分たちにまかせ、ひとまず逃走しようとする主犯だった。なにげないそぶりで少し歩き、ある点から不意にかけだした。しかし、厳重をきわめた非常線を抜けることは不可能だった。

「待て……」

たちまち発見され、追いかけられ、とらえられてしまった。数名は投げ飛ばしたものの、ついに力がつきたのだ。警官は拳銃をつきつけながら身体検査をし、手錠をかけて言った。

「おまえの悪運も、これでつきたな」

「お手数をかけました。すみません、水を飲ませて下さい」

主犯は息をきらせながら、神妙に言った。これで一段落という、ほっとした空気がただよった。だれかが水の入ったコップを持ってきてさし出し、主犯は手錠のまま受取って飲んだ。しかし、それと同時に、服のえりの裏につけてあったカプセル様のものを、すばやく飲みくだしたのだった。

「や、なにか飲んだな」

気づいた警官はあわてて叫び、主犯は不敵に笑った。

「お気の毒だ。おれは、おまえたちの裁くことのできない世界へゆく……」

こう言いながら、崩れるように倒れた。世に害毒を流し、暗黒街に君臨した男も、かくしてついに……という場面だった。テレビ映画なら音楽の音が高まり〈終〉という字が浮き出し、型どおりのみごとな幕切れといえる。

しかし、警官たちにとっては、そうはいかない。悪の滅亡と正義の勝利を喜びながら、口笛を吹きつつ解散というわけにもいかない。大変なさわぎとなった。

「どうしよう。なにか飲んで倒れたぞ」

「なにを飲んだ」

「毒薬にきまっている。早く救急車を呼べ」

救急車は近くに待機していた。しかし、銃による負傷への用意はあったが、毒を飲んだ者の出ることは予想もしていなかった。また、どんな種類の毒を飲んだのかもわからない。

どうしたものかで時間が空費された。しかし、まだ脈があることに望みをつなぎ、病院へ急送することにし、救急車は走り去っていった。

一方、家の内外では、子分たちがつぎつぎに倒れたり、手をあげたりした。いあわせた全員が逮捕され、大量の麻薬が押収《おうしゅう》され、あたりには静かさが戻ってきた。

成功とはいうものの、警察側にとっての心残りは、主犯についてだった。子分たちは、ただの駒《こま》にすぎない。取引きに関する全容は、主犯の頭のなかにあるのだ。それを聞き出すため、取調べのベテランをそろえてもあった。いかにかたく口を閉じた犯人であっても、硬軟両様を使いわけ、必ず自白させてしまう経験者たちをだ。服毒自殺をされたとなっては、それも水の泡だ。輸入ルートや販売組織の根絶ができない。

捜査主任は言った。

「まったく残念なことだ。どうせだめだろうが、病院に寄ってみるとしよう。あるいは、最後になにか言い残しているかもしれない」

そして、二名ほど部下を連れ、病院に立ち寄り、すぐ医者に質問した。

「どうでしたか、さっきの男は」

「手おくれでした。もう少し早ければ、体内への吸収を防げたかもしれません。できるだけのことはしたのですが……」

「やっぱり……」

暗い表情になる捜査主任に医者は言った。

「しかし、まだ死んではおりません」

「そうでしたか。では、息のあるうちに、ちょっとだけ会わせて下さい。よろしいでしょうか」

「かまいません。そこの病室です」

医者は意外にあっさりと承知し、そばのドアを指さした。さじを投げてしまったのだな、と思いながら、主任はドアをあけ、足音をたてないようになかへはいった。

ベッドの上には男が横たわっている。死にぎわを乱すのは人道上しのびないが、社会の治安を守るためには職務を遂行しなければならない。

「もしもし、わたしの声が聞こえますか」

低いが力のこもった声で呼びかけてみた。そのとたん、想像を絶したことが展開された。男がベッドから身を起し、目を開いてはっきりした口調で言ったのだ。

「なんだ。驚かさないでくれ。ひとがうとうと眠りかけた時、とつぜん声をかけるとは……」

主任たちは、しばらく物も言えなかった。だが、ひるんでもいられず、黙っているわけにもいかない。

「驚かすなと言いたいのは、こっちだ。いったい、なにを飲んだのだ」

「そんなことは知らん。出ていってくれ」

「なにを言う。われわれは警察の者だ。おまえは逮捕された主犯ではないか」

「そんなことは知らん」

「いったい、自分をなんだと思っているのだ」

「そっちで勝手にきめてくれ。さあ、早く帰ってくれ。いつまでもいると、ただではおかないぞ」

ベッドの上に立ちあがり、飛びかかりそうな勢いだった。なにしろ、凶暴な男だ。主任たちは病室から出て、医者に文句を言った。

「どういうことなのです。息を引きとるどころか、すごい鼻息です。最後の発作にしてはひどすぎる。やつはなにを飲んだのです」

「それが、やっかいな薬品のようです。外国の情報機関がひそかに開発したといううわさは聞いていましたが、どうもそれらしいのです」

「早く教えて下さい」

「つまりです、それを飲んだとたん、過去の記憶の一切を失う作用の薬です。いかに拷問《ごうもん》しようが、ショックを与えようが、だめだという話です。完全な記憶喪失。かつては非常の際に飲むようにと、青酸カリを渡しましたが、人道的な見地からこの研究を思いついたのでしょう」

「もとに戻せないのですか」

「戻るようでは、その役に立ちません。それに治療法を研究しようにも、成分がわからない。入手のしようがないのです。この男はたぶん、スパイ関係から流れたものを大金を投じて買い、こんな場合のために用意していたのでしょう」

「肉体的には健全なのですか」

「ええ、記憶以外は、筋肉も内臓も性質も、べつに変化していないようです。会話の能力も、最近の流行語は知らないようですが、日常生活にはさしつかえない程度に保たれています。調べてみると、鉛筆とは書くための器具であり、橋は川を渡るためのものであるなど、ちゃんと知っていました」

「では、身柄は警察の留置場へ移しましょう。なんだか、いやな予感がするが」

その主任の予感どおり、警察では持てあますことになった。どう扱ったものか見当がつかない。形式に従って取調べをはじめてみたが、たちまち行きづまる。

「名前は」

「さあ……」

「住所は」

「さあ……」

念のために、うそ発見機が使用された。しかし、麻薬とか警察とかの言葉に対して、なんの反応も示さない。他の言葉に接する時と同じように針が動くだけだ。医師の判定を裏書きした。記憶がなければ、心は平静そのものなのだ。取調べどころか、逆に教えなければならなかった。

「いいか。おまえは麻薬密売のボスなのだ」

「それならそうかもしれない」

これでは供述にならない。書類に署名しろと言えばするだろうが、なんの役にも立たないのだ。そのうえ、あらかじめ打ち合せてあったのか、弁護士があらわれ「でっちあげの自白はさせないよう」と釘《くぎ》をさしている。こんな自白を法廷に出したら、たちまちひっくりかえされてしまうだろう。

最後につぶやいた「おまえたちの裁くことのできない世界へゆく」との、言葉どおりになってしまった。記憶喪失は一種の精神異常なのだから、処罰の対象にできないのではないかとの説が出た。

しかし、犯行時には正常であり、このような薬と知って飲んだのだから、きわめて悪質だとの意見もあった。感情的にはそのとおりだ。とはいうものの悪質にはちがいないが、現在の本人はなにも覚えていず、どこかのんきそうな、どこか不安そうな顔つきをしていて、先入観がなければ憎みようがない。

この処置は、簡単にきめられなかった。警察は窮余の策として、弁護士からの保釈申請をいいことに、それに応じた。これで時がかせげるし、様子を見ることができる。最も望ましい状態は、やつが記憶を取りもどしてくれることだ。期待できることかどうかわからないが、よびさますには警察の手でやるより、連中のほうが熱心だろうし、環境だっていいにちがいない。

主犯は弁護士に引渡された。

「だれです、この人は」

と心配そうだったが、ほかに行先も思いつかないらしく、あとについていった。

「ご安心下さい。これからはわたしがすべてお世話します。まず、ホテルへでも落ち着きましょう。橋のむこうに、自動車が待たせてあります」

その時、手入れの時に逮捕をまぬがれた子分たちが、そっと近よってきて声をかけた。

「うまくやりましたね、ボス。さすがは……」

主犯はすぐに反応を示した。人相の悪いのが大ぜい、あとをつけてきて自分を取りかこんだではないか。さらに迫ってくる。ここで身を守らなければならない。決断はすぐにつき、闘志もわきあがってきた。力も出たし、身のこなしもすばやかった。つぎつぎと、橋の下へ投げ飛ばすことができた。

これを見て、弁護士は呆然《ぼうぜん》とした。なんと弁護したらいいのだ。川に投げ込んだのなら、まだしもいい。ここは数日前に完成した陸橋の上ではないか。

博士と殿さま

「やれやれ、やっと完成したぞ。わたしの理論は正しいはずだし、製作工程にもまちがいはなかったはずだ。したがって、予想どおりに動くにきまっている」

と博士はうれしそうに言った。博士はずっと研究所にこもって、仕事に熱中しつづけだった。もっとも、ひとりでではなかった。忠実な年配の助手といっしょだった。

その助手は、あまり優秀な頭脳の持ち主ではなかった。しかし、そのほうがいいともいえた。命令にすなおに従ってくれる人間のほうがいいのだ。こうしたほうがいいでしょう、などとへたに口を出されると、かえって研究のじゃまになる。助手は博士に言った。

「おめでとうございます。複雑きわまる装置で、わたしにはよくわかりませんが、とにかく完成はおめでたいことです」

「さあ、さっそく動かそう。おまえもいっしょに乗り込んでいいぞ」

と博士がうながすと、助手はふしぎそうに聞いた。

「これは乗り物なんですか。そうとは知りませんでした。乗るのはいいですが、ここは部屋のなかです。まず、そとへ運び出しましょう」

「いや、ここで乗っていいのだ。おまえにはまだ説明してなかったが、これはタイムマシンだ。時の流れのなかを旅行できるのだ。未来へも過去へも行けるといいたいところだが、この装置はまだその性能をそえていない。過去へ行って戻ってくることしかできない。しかし、それでも大変な発明なのだぞ」

「さようでございますか」

と助手はうなずいた。優秀な人間なら、目を丸くしてもっと感心するところだろうが、彼は従順に答えただけだった。それにくらべ、博士は張切っていた。

「さあ、出かけるぞ」

「ちょっと待って下さい。旅行するとなると、食事の用意をして行かなければなりません。それがわたしの役目ですから」

博士の食事は、この助手がいつも世話をしていた。簡単なひと通りの料理なら、作ることができるのだった。

「それもそうだな。行先でありつけるとも思えるが、用意していったほうが安全だ。持って行くことにしよう」

と博士が言い、助手は外出し、かんづめだの、ジュースだのを買いこんできた。食品類のほかに、小型の調理器具までひとそろい買ってきた。

「お待たせしました。お菓子もたくさん買ってきました」

「また、ずいぶん買いこんできたものだな。ま、いいだろう。早く乗ってくれ」

二人はタイムマシンに乗り込んだ。内側からドアをしめている博士に、助手が聞いた。

「どこへ行くおつもりなのですか。変な恐竜があばれているような時代は、ごめんこうむりたいものです」

「大丈夫だ。そんなに大昔ではない。むかしの殿さまに会いたいのだ。じつは、研究のために金を使いすぎてしまった。だから、むかしの殿さまに会い、現代に持ち帰って高く売れそうな骨董品《こっとうひん》を、少しもらってこようというつもりなのだ」

「それはいい考えかもしれません」

やがて博士は、ダイヤルをあわせてスイッチを押した。

タイムマシンは時の流れのなかをさかのぼり、そして、停止した。

「さあ、ついたぞ」

小さな窓からそとを見ると、さっきまでの研究室は消えていた。海岸があり、海は静かに波うっていた。浜には松林があり、そのむこうには城が見えた。助手は感心しながら言った。

「なんと、のどかな景色でしょう。高い近代的なビルが並び、スピードのある乗り物が目まぐるしく走っている現代とくらべ、すがすがしくなります。そとへ出てみましょう。空気もいいにちがいありません。こんな場所で食事をしたら、さぞ……」

「いい味にちがいない。食事をしながら、あたりを眺め、行動の予定をたてることにしよう」

二人はそとへ出た。小さなテーブルを運び出し、助手は料理を並べた。

「心が洗われるような気持ちですね」

「ああ、料理の味も一段とすばらしく感じられる」

話しながら食べていると、少しはなれたところに、村人があらわれた。ふしぎそうにこっちを眺めている。銀色の丸いタイムマシン。その前の異様な服装の二人。むかしの人がふしぎがるのも、むりはない。博士がそれに気づき、笑顔で手まねきすると、男はおそるおそる近よってきた。

「こわがることはない。わたしたちは悪い者ではない。また、あばれもしない。安心しなさい」

「はあ……」

男は呆然《ぼうぜん》としていた。竜宮からやってきたのかな、とでも思っているようだ。博士はポケットにあったチョコレートを出して渡した。

「食べてみなさい」

男は少し口に入れ、こわごわ食べたが、味がお気に召したらしく、たちまち食べてしまって、さらに手を出した。博士は言った。

「もっとあげてもいい。しかし、ただでは困るな」

「こんなものでよろしければ……」

男は着物のなかをさぐって、一枚の貨幣を出した。

「まあ、いいだろう」

博士がチョコレートを与えると、男は喜んで帰っていった。助手は貨幣をのぞきこみながら言った。

「あまりもうからなかったようですね」

「いや、そんなことはない。この時代においてはたいしたことはないが、現代に持って帰れば、古銭として非常に高く売れる種類だ。悪くない取引きだった」

そのうち、さっきの男が知らせたためか、部落のかしららしい人物がやってきた。そして、言った。

「どこからおいでになったかたか存じませんが、たいへん味のいい食べ物をお持ちだそうで……」

と、抱えてきた仏像をさし出した。博士は手にとって調べてから助手に言った。

「これはまた価値のある品物だ。かんづめを三つほどあけてやってくれ」

助手がそうすると、相手は口に入れ、大感激のようすだった。そのうち人も集り、ルールを覚えたのか、いろいろな品物をさし出した。

絵巻物とか、光る石などもあった。どれほどの価値か見当がつけにくかったが、損でないことはたしかだった。菓子とか、かんづめとか、ジュースなどを少しやればいいのだ。タイムマシンのまわりは野外食堂兼売店のようなさわぎになってきた。博士は喜んだ。

「これは手間がはぶけていい。もっと大物のお客が来てくれると、なおありがたいのだが」

「そうなりそうですよ。ごらんなさい」

助手の指さすほうを見ると、城の方角から、えらそうな人が家来を引き連れてこっちへやってくる。このへんの領主らしい。いままで集っていた連中も、あとへさがって頭をさげている。殿さまは博士に言った。

「知らせを受けて、わしがやってきた。味のいいものを持っているそうだが、わしに食べさせてくれ」

「お客さまなら、いつでも歓迎です。さあなにか作ってさしあげろ」

助手はかんづめをあけ、適当に料理して皿に盛った。殿さまは口に入れ、満足そうな顔になった。殿さまといばっていても、この時代ではたいしたものを食べていないらしかった。

殿さまは家来に命じ、遠くからうらやましそうに見ている村人たちを追い払わせた。

博士は気の毒にと思ったが、商売の能率をあげるには、このほうがいい。殿さま専属の野外食堂の形になってしまった。

　殿さまはよほど気に入ったらしく、つぎつぎとべつなものを望み、三日間ほど食いつづけ、飲みつづけだった。各種の酒に酔い、いいごきげんになってきた。博士は切りだした。

「いかがでしょう。これだけおもてなしをしたのですから、なにかいただかせて下さい」

　殿さまは立ちあがり、博士に飛びかかって、しばりあげてしまった。

「さあ、もっとうまいものを食わせろ。おまえは人質だ」

　なかなか悪知恵にたけている。それに、酔っているので、なにを言っても受け付けない。殿さまは助手をせかせた。

「早く持ってこい。おまえの国で、最もぜいたくで、最もうまいものを持ってこい」

　とんでもないことになった。博士は仕方なく助手に命じた。

「言いつけ通りにやってくれ。来た時と逆にボタンを押すだけでいい」

「はい。急いで戻りますから、ご心配なく」

　助手はなかに入り、タイムマシンは消失した。しかし、殿さまは酔っていて、あまり驚かなかった。

　やがて、タイムマシンはふたたび出現した。助手が出てきて言った。

「持ってきました。たいへんな散財でした。わたしだってこのところ、めったに食べたことのない料理です」

　殿さまは待ちかねていた。

「早くよこせ。うまいものだろうな」

「もちろんですよ。しかし、まず、うちの先生をはなして下さい」

「よし、はなしてやろう。うまければ宝物をやるぞ」

　殿さまは博士のなわをほどき、料理を受けとった。期待にみちた顔だった。しかし、口に入れたとたん、大声をあげた。

「なんだ、これは。わしをばかにするのか」

　またも飛びかかろうとした。しかし、今度は博士のほうも油断していなかった。助手とともに、あわててタイムマシンのなかにかけこんだ。ドアをしめてから、博士は言った。

「なにを出したんだ。安物の料理か」

「いいえ、最もぜいたくで高価なものですよ」

「いったい、なんだ。いやに怒っていたぞ」

「でも、わたしはみんなに聞いて、そのすすめる品を買い、大急ぎで運んできたのです。鮎《あゆ》の焼いたのと、エビのいきづくりですよ」

「そりゃあだめだよ。たしかに現代ではぜいたくな料理にちがいないが、この時代の人にはそのありがたみがわからないだろう」

小さな世界

時。二十年後のある日。

場所。大実業家であり大金持ちであるアール氏の事務室。

来客はていねいな口調で自己紹介をした。

「わたくしはK自動車会社の販売員でございます。聞くところによりますと、こちらさまで自動車をお買いになりたいとか。ぜひ当社のをと思って、参上したようなわけでございます」

アール氏はひっきりなしにかかってくる電話に出たり、忙しげに書類を読んだりしていたが、その手をちょっと休めて言った。

「そうだ。わしは値段の点はかまわないから、すてきな車が欲しいのだ。しかし、いままでいろいろな社の車を見てきたが、まだ気に入ったのはない」

「わが社のでしたら、お気に召すことと存じます。特別製デラックス型のを、お持ちいたしました。ちょっとでけっこうですから、ごらんになって下さい」

「ちょっとだぞ。わしはかくのごとく忙しい。要領よく説明してもらわねばならぬ」

アール氏は秘書にあとをまかせ、ビルの地下の駐車場に行った。問題の車はそこにあった。上品な形であり、落ち着いた色だった。販売員は指さして説明をはじめた。

「これでございます。いい外観でございましょう」

「うむ。悪くないな。しかし、飛び抜けていいとも思えない。まあまあといったところだな」

「飽きがこなくて、そこがよろしいのでございます。しかし、外観より、特長は内部の設備のほうでございます。お入りになって下さい。くわしくご説明いたしましょう」

販売員にうながされ、アール氏はなかに入った。

「第一の長所はなんだね」

「冷暖房完備は申すまでもありませんが、空気の完全浄化装置がついております。道路にただよう排気ガスも、内部にはぜんぜん入ってきません」

「健康的というわけだな」

「浄化装置についているボタンのうち、お好きなのをお押しになれば、お望みの花のかおりをふくませることができます。この通り、スズランの花のにおいが流れてまいりました。窓ガラスは完全な防音になっておりますから、きわめて静かです。なかにいると、都会をはなれた気分になりましょう」

アール氏はしばらく目を閉じ、深呼吸をしてから言った。

「たしかに、すがすがしい高原にでもいるようだ」

「また、このボタンはステレオ装置のでございます。お好きな曲がすぐ聞けますし、音楽ばかりでなく、このように……」

販売員はボタンを押した。小鳥のさえずる声がわき出してきた。アール氏は感心した。

「なかなかいいぞ」

「椅子《いす》にはやわらかい上等な毛皮が張ってあります。また、ボタンひとつで自由に角度が変えられますから、お眠りになったままでも……」

「運転はどうするのだ」

「ここについております地図盤の上の、目的の地点をお押し下されば、自動操縦で到着いたします。もちろん、自分で運転して楽しむこともできます。その場合も、小型レーダーが四方を警戒しておりますから、絶対に事故の心配はございません」

「となると、なかで仕事をすることもできるな」

「はい。ここに電話がございます。かかってきた電話は、秘書がわりの録音テープがまず応対しますから、話したくない相手なら、そのままうまい口実で断わって、取り次がないでもくれます」

「便利な電話だな」

「そればかりでなく、遊びにも使えます。電話機のボタンを押して切り換えれば、遠くにいる友人と碁や将棋やチェスを楽しむこともできます。駒《こま》の動きをそのまま伝えるのです。遊びながら飲みたいとお思いでしたら、このボタンです。コーヒーもカクテルも、お好みの温度で出てまいります」

「いたれりつくせりだが、なかをのぞきこまれて、うらやましがられても困る」

「その場合は、このボタンをお押し下さい。窓ガラスが光を一方通行にします。なかからそとは見えるが、外からはのぞけなくなります。それから、申すまでもありませんが、ここからはカラーテレビが出てまいります」

「のんびりできるな」

「さようでございます。お疲れの時にはこのボタンです。椅子の内部の自動マッサージ器が動いて、からだの疲れをもみほぐしてくれます。熱いおしぼりはここから出てまいります。また自動靴みがき機、服にブラシをかける装置もついております。簡単なお食事でしたら、この冷蔵庫に保存でき、電子レンジですぐ料理し、口にすることができます」

「この棚にはなにを置くのだ」

「右のほうは薬棚。左のほうは本棚でございます。詩集でもお並べになって、時どきお読みになるのも上品な趣味かと存じます」

「うむ。それもいいかもしれぬな。いつも忙しい毎日で、詩の世界にはだいぶごぶさたしている」

「ここには小さな金庫がついております。大切な書類などをお入れ下さい。また、宝石などをしまっておいて、美しい女性をおのせになった時、愛のささやきとともに進呈すれば、じつに気のきいたやり方と存じます」

「しかし、待てよ。金庫つきの自動車もいいが、自動車ごと盗まれたら大変な損害だぞ」

「そのご心配はございません。すべてのボタンは、持ち主の指紋に合わせて特別に作ります。ですから、他人が使おうとしても、車のドアがあかないばかりか、なにひとつ動きません。無理に動かそうとすると催涙ガスが出ます」

「うむ。なにもかも気に入った。買うことにしよう」

「ありがとうございます」

販売員は頭を下げた。しかし、アール氏はふと思いついたように聞いた。

「そうそう、この車の速度はどれくらいかね」

「最低速度でございましたら……」

「だれが最低速度など聞いている。知りたいのは最高速度のほうだ」

「それでしたら、時速三〇キロほどです」

「三〇〇キロのまちがいではないのか」

「三〇キロでございます」

「とんでもない話だ。当節、たいていの車は三〇〇キロ近くまで出せるではないか。だめだ、こんなのろま車は」

「しかし……」

販売員はなにか不満そうだった。その様子が気になり、アール氏は聞いた。

「なにか言いぶんでもあるのか」

「わたくしはお買いあげいただくと、定期的にアフターサービスに回っております。しかし、この種の車の持ち主は、どなたさまも平均時速一五キロぐらいで走らせておいでのようで……」

ごたごたした、ごみごみした、せかせかした日常。それから離れて自分ひとりの小さな世界にこもり、楽しい時間にひたれるのだ。それをわざわざ短縮しようとする人はいないのだろう。アール氏もそれに気がついた。そして言った。

「わかった。すぐに代金を払おう」

長生き競争

「おい、なにかいい企画はないか」

　と上役がエヌ氏に声をかけた。もっとも、この言葉は日常のあいさつのようなもので、いまにはじまったことではない。

　ここは広告代理店。エヌ氏は企画部の一員だった。頭をしぼって、新しい企画を考え出すのが仕事なのだ。仕事ともなると、その職務をはたさなければならない。

「はあ……」

　エヌ氏は意味ありげな口調で、おもむろに答えた。こんなのはどうでしょうなどと、打てば響くように名案を出しては、あいつは才人なのだと思われてしまう。軽く見られるし、ありがたみもない。同じ提案をするのなら、もったいをつけてのほうがいい。

　上役はまた言った。

「テレビ番組のための、いい企画が必要なのだ。そもそも最近の番組は、どの局へチャンネルを回しても同じようなものばかり。どれもこれも型にはまっている。視聴者は退屈し、スポンサーのごきげんは悪くなる。出演者たちはだらけるし、テレビ局の連中も仕事に熱を入れなくなる。それがみな、われわれの責任ということになってしまうのだ」

「まったく、因果《いんが》な商売ですね、広告代理業とは。どこへもしりの持ってゆきようがない」

「といって、やめるわけにもいかない。しかし、考えようによっては、このような時期こそ実力を示すチャンスなのだ。ひとつ当てさえすれば、同業者を出し抜き、大もうけすることができる。視聴者をひきつけ、スポンサーを喜ばせ、なにもかもうまくゆく面白い番組を、ここでぶつけるのだ」

上役は鉛筆のはじで机の上をたたき、いらいらした響きをまきちらした。エヌ氏は首をかしげて聞いた。

「たとえば、どんな……」

「そうだな。なにかこう切実な感じがこもっていて、ちょっとユーモラスで、ぐいと人をひきつける力をそなえていて、できうれば教育的科学的な点があり、それに加えて社会的な意義があって、いままでになかったアイデアのものといったところだな」

上役は欲ばった条件を並べたてた。エヌ氏は肩をすくめた。

「そんな番組があれば、わたしだってぜひ見たいと思いますよ」

「なにをのんきなことを言う。それを考え出すのがおまえの仕事だ。考え出せないというのなら、ここでは不要の人物ということになるぞ」

「いえ、考え出せないというわけではありません」

「なにか心当りがあるのか」

「ないこともありませんが……」

　エヌ氏は気をもたせた。上役は食物のにおいをかぎつけた犬のように、目を輝かせて身を乗り出してきた。

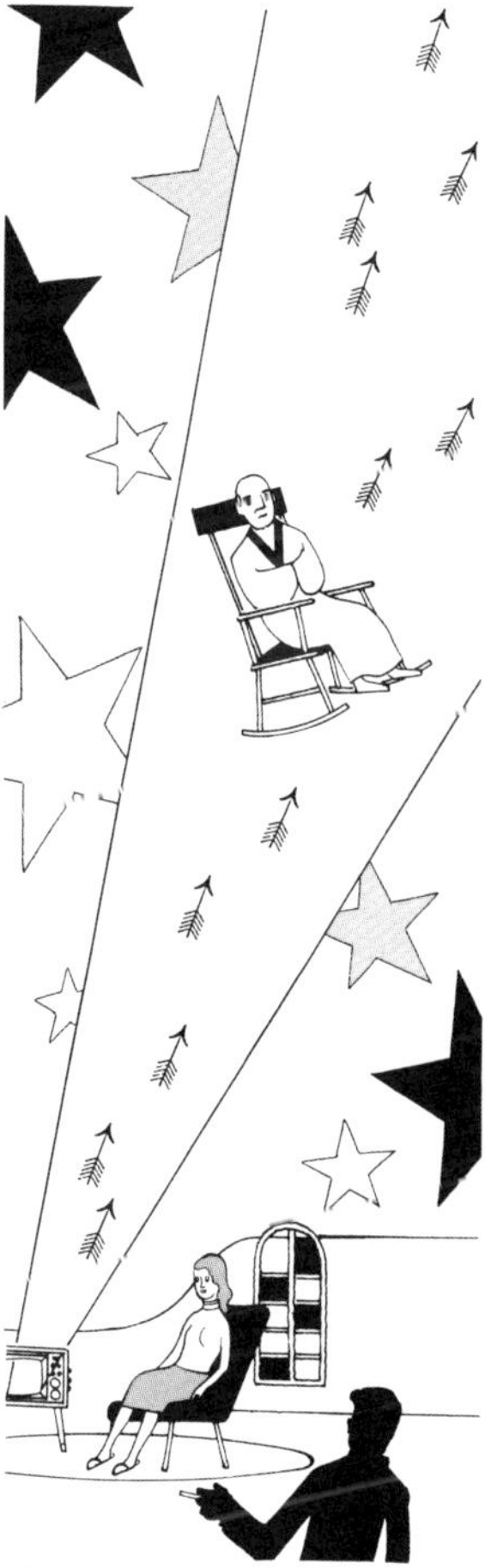

「そうか。それを聞かせてくれ。どんなアイデアなのだ」

「早くいえば、長生き競争とでも称すべき番組です」

このエヌ氏の言葉で、上役は形容しがたい顔になった。まず、内容が想像できないために呆然《ぼうぜん》となり、つぎに、あきれたようにとまどった。そのつぎには、なんでこんなことを言い出したのかとの好奇心が高まってきた。しかし、いつまでも複雑な表情をつづけてもいられない。上役は質問した。

「いったい、どういうふうにやるのだ。長寿者を集めて秘訣《ひけつ》を聞いたりするのは、すでにどこかの局でやってしまったし、それに一回きりで終りだ。われわれの求めているのは、継続性のある番組なのだ」

「わかっています。長期間にわたって、長生きの競争をさせようというのです」

「といって、子供を集めて長生きさせる競争では、一生かかるではないか。視聴者のほうが先に死んでしまう。第一、面白くもなんともないぞ」

「いえ、人間を使ってやるのではありません。モルモットでやるのです。順序をたててくわしくお話しすればですね……」

エヌ氏は説明をした。昨今は保健薬とか栄養剤とかいうものが、何十種、何百種と市販されている。商品名を覚えるのにも困るほどだ。それらの薬に効力を競わせるという形である。つまり、同一条件のモルモットを集め、それぞれの薬を使ってせわをし、どれが最も長生きするかを争わせるのだ。それを毎日、テレビで実況放送したらどうだろうかとの案だった。

上役は話を聞き終り、少し感心した。

「なるほど。悪くない案かもしれないな。しかし、各製薬会社がスポンサーとして参加してくれるだろうか」

「参加してくれなければ、他の企業体をスポンサーにして、こっちで市販の薬を使ってやればいいでしょう。しかし、おそらく参加してくれるでしょう。これに優勝すればすごい宣伝効果です。それに、参加をためらったら製品に自信がないということにもなります。いやでも参加せざるをえないでしょう」

「しかし、優勝できなかった製薬会社としては、困った立場になってしまうだろう」

「その影響はあまりないと思います。自動車界のラリーでも、優勝すれば宣伝になりますが、しなかったからといって、べつにマイナスの結果にもなっていないようです。また、定期的にこの催しをくりかえせば、次回には挑戦して王座を奪回することもできるわけです。医薬品界の発達を刺激し、向上をうながすことにもなりましょう」

「なるほど」

「負けた場合の心配をさせないためには、社名と製品名を競争中は伏せておくことにすればいいでしょう。優勝したのだけを最後に発表するという方法もあります。このほうが劇的な効果をあげることになるかもしれません」

「うむ。だんだんのみこめてきた。面白い案のようにも思えてきたぞ。きみが担当となって、いちおう検討と準備を進めてみてくれ」

上役は賛成した。かくして、この計画は具体的になっていった。

各製薬会社は反応を示した。勝てば絶大な宣伝になるのだし、負けたところで商品名が伏せてあれば不名誉にもならない。費用を負担して参加するという申し込みは、数十社に達した。

だが、スポンサーとしてコマーシャルを流すことには二の足をふんだ。優勝できなかった時は、逆効果になってしまうからだ。しかし、この企画を知ったある電機メーカーが関心を示し、番組を買った。二重にスポンサーがついた形で、思いがけない収穫となった。

一方、モルモットも集められた。生まれた時から同一な条件のもとで育てられたモルモットたちで、人間でいえば中年に相当する年齢であった。

また、審判団の構成の案もねられた。学者や役所関係者、大衆に名の知られた芸能人、それに警察関係者も加えることにした。かなりの日数にわたる競争であり、そのあいだに不正がおこなわれないよう、監視しつづけなければならないのだ。

前宣伝が大きくなされ、新聞や雑誌なども記事として取り上げてくれた。この番組は毎日十分間ずつ中継放送され、優勝の決定するまでつづけられるのである。

やがて、放送の開始日となった。司会のアナウンサーはテレビカメラにむかって語りかけた。

「みなさま。いよいよ、お待ちかねの長生き競争が開始されようとしております。ごらんのように、モルモット五匹を一つのグループとし、第一グループから第五五グループまでございます。これに対し、各製薬会社がそれぞれ効能を誇る薬を与え、せわをし、長生きをさせようというのです。この番組は、最後の一グループになるまでつづけられます。最も長生きさせる薬は、どの社の製品でございましょうか……」

そして、いささか大げさだったが、スタートの号砲が鳴らされた。

正直なところ、開始してしばらくは、そう高い視聴率を示さなかった。だが、しだいにうわさがひろまり、人気は上昇していった。

長寿というテーマは、だれにとっても切実きわまる問題である。また、世話をする人間たちの真剣きわまる表情と、モルモットのとぼけた顔の組み合せは、ユーモラスなムードをただよわせた。ちょっと残酷趣味も満足させてくれる。だが、病原菌を注射したりするのとちがい、あらゆる手段をつくした上での死なのだから、正面きっての抗議は出なかった。科学への関心を高めるという意義は、少々の抗議を圧倒した。

最初のうち人目をひいたのは、第五グループのモルモットたちだった。薬が与えられはじめて数日たつと、他のグループにくらべ、はるかに活気をおびてきたのだ。

視聴者は話しあった。

「すごいききめの薬だぞ」

「どこの製品だろう。あんなのを早く飲みたいものだ。がんばれ」

好奇心と応援のなかで、番組は進行していった。しかし、三週間ほどたつと、第五グループのモルモットたちは、しだいに元気がなくなり、弱り、やがて相ついでみな死んでしまった。

「ひどい薬だ。あんなのは飲まないほうがいい」

「いんちき薬だ」

大衆の声は率直で無責任だった。

半年ほどたつうちに、半分ほどのグループが死に、脱落していった。しかし、番組の人気は高まる一方だった。視聴者にとっては、なんとなく気になってならないのだ。

その放送時間になると、だれもがスイッチを入れ、前日に比しての変化を観察する。熱心なファンもでき、評論や予想を発表する人もあらわれた。

うわさによると、一部ではひそかに、このレースへの賭《か》けがおこなわれているという。そのため、警備が一段と厳重になった。毒薬のたぐいが与えられたら困るからだ。これによって、人気はさらにあおられた。このうわさはテレビ局が意識して流したらしいとの説もささやかれたりした。

そんなある日、番組を放送中、予想もしなかったことが起った。第四七グループの世話係がこんな発言をしたのだ。

「じつは、このモルモットたちには薬をやっていません。無害の粉末を与えていただけです」

冗談半分で参加したのだが、こうなってくると良心がとがめて、告白しなくてはいられなくなったのだそうだ。これはちょっとした動揺を巻きおこした。薬を与えないものが、けっこう長生きするとは……。

このグループは失格させるべきだとの説も出たが、このままレースに加えておいたほうがいいとの意見が勝ちを占めた。

思いがけないこの事件で、レースはさらに白熱化した。第四七グループに負けては恥だとばかりに、世話係たちはそれぞれ、必死の努力をしたのだから。

それから二週間ばかりたつと、その第四七グループもついに脱落した。いままでは予選で、これからが本当のレースともいえた。

一週間がたち、一カ月がすぎるうち、グループの数はしだいにへっていった。そのたびに世話係たちが示す残念そうな表情は、視聴者を楽しませることにもなった。そして、ついに残りは二つのグループとなった。最後まで残るのは、どちらのグループだろう。長命の秘薬は、はたしてどこの製品か……。

人びとの興味を集めながら、その判定の日が訪れた。一つのグループのモルモットの最後の一匹が倒れたのだ。これに反し、もう一つの第二六グループは全員が生命を保っている。

かくして、第二六グループの優勝が決定した。用意されていた音楽が高らかにかなでられ、まさに興奮の一瞬だった。そのなかで、アナウンサーはさっそく世話係にマイクをむけた。

「おめでとうございます。ご感想は……」

「効能が確認できて、こんなうれしいことはありません」

「どうぞ、商品名をおっしゃってください」

「しかし、残念ながら、まだその段階になっておりませんので……」

思いがけない答えに、アナウンサーは当然の質問をした。

「なぜでしょうか」

「じつは、この薬はまだ実験中で、販売には至っておりません。しかし、もしみなさまのご要望があれば、近い将来に大量生産をし、お手もとにとどけるようにしたいと思います」

視聴者は少し失望し、また大いに期待した。効果の確実なことは、万人がみとめているのだ。一方、落後した薬の会社の人たちもほっとした。それまでは安心といえるからだ。

しかし、エヌ氏は他とちがった立場にあった。番組の担当者という地位を利用し、その薬をひそかに、いち早く手に入れることができた。そして、すぐさま連用した。実験中とはいっても、危険な副作用のないことはたしかだ。それに、仕事につきっきりで疲れてもいた。

それからのエヌ氏は、一日中ぼんやりとしていた。なにごとにも驚かず、頭は働かず、かすんだような顔になった。上役もある日、たまりかねて言った。

「そろそろ、しっかりしたらどうだ。なにかいい、つぎの企画はないか」

「はあ……」

エヌ氏はあくびのような声で、ぼんやりと答えるだけだ。上役は苦りきり、はきすてるように言う。

「しようがないな。おまえは長生きするよ」

事実、その言葉どおりの効能をもたらす作用の薬なのだ。

とんでもないやつ

海岸ちかくの小高い丘。その中腹にある小さな天然の洞穴に、グウはひとりで住んでいた。彼はひげもじゃの男だった。もっとも、これは特徴とはいえない。石器時代においては当り前のことだ。

きょうは天気がいい。グウは穴の出口に寝そべり、ぼんやりとあたりを眺めていた。遠くでは火山が噴火しくいる。煙は生きているように動き、空へと立ちのぼっていた。彼はそれを見て、子供のころに森であった大きな爬虫《はちゅう》類のことを思い出した。考えると今でもぞっとする。もう少しでやられるところだった。それ以来、彼は狩猟がきらいになってしまった。

近くの山に目を移す。ふもとのほうでシカらしい動物がかけまわっていた。シカの肉が食べたいな。口のなかに唾液《だえき》がわいてきた。だが、口にすることはできないだろう。村の者たちが、狩に参加しようとしない男に獲物を分配してくれるわけがなかった。

グウはさらに近くに目を移した。この丘の下には村がある。村とはいっても、木を結び草を屋根にした簡単な家々で、数十人が暮しているだけのものだ。かつては彼もそこに住んでいたのだが、共同生活をきらって、ここへ越してきてしまったのだ。

グウが村を見下ろしつづけていると、ひとりが目ざとく彼を見つけ、大声で呼びかけてきた。

「おおい、グウ……」

グウという名は、彼が眠るのが好きで、しかも、いびきの大きいためにつけられたものだ。グウが答えないでいると、下の男はさらに叫んだ。

「きょうはグウグウではないのか」

起きているのを珍しく感じたらしい。グウがうなずいてみせると、下の男は弓矢を持った手をあげ、また叫び声をあげた。きょうは村の者が総出で狩をするのだと告げているのだ。そして、もしその気ならいっしょに来い、獲物をわけてやる、という意味を伝えてきた。

どうしようかとグウは考えた。久しぶりでシカの肉を食べたいし、それに毛皮も必要だ。いま着ているのは、あまりにぼろぼろだ。しかしだ、そのためには危険をおかさなければならない。シカの角でひっかけられるかも、場合によってはクマが現れるない。彼があれこれ思案していると、下の男がさいそくした。

「おおい、どうするのだ」

「やめることにするよ」

とグウは首を振った。ぎりぎりの必要に迫られれば別だろうが、まだがまんできない状態ではないのだ。村の連中たちはグウをさそうのをあきらめ、それぞれ大声をあげながら、列を作って出かけていった。

しばらくたってグウは後悔しはじめた。さっき肉を想像したため、わきはじめた唾液がとまらないのだ。それは胃に流れ込み、空腹を刺激した。腹が鳴り、その音は彼の名を呼び怠惰をしかっているようだった。空腹を押え切れなくなり、グウは立ちあがった。そのとたん、ぼろの毛皮は足もとにずり落ちたが、彼は身にまとおうとしなかった。きょうは、そう寒くもない。

ゆっくりと丘をおり、浜辺へたどりついた。海水にからだをひたし、よごれを落した。だが、それが目的ではない。貝を拾うのが目的だった。もうあきあきした味だが、貝さえ食べていれば生きてゆけるのだし、危険な目にあわなくてもすむ。いささか安易な生活ではあったが、なれてしまうと、あまり苦にもならないものだ。

いくらか空腹もおさまり、グウは貝をいくつか抱え、また洞穴へと戻った。これは晩に食べるためのものだ。

なるべく腹をすかせないようにと、グウはまた日なたに寝そべって時を過した。しかし、退屈でもあった。平穏とはいえ、あまりに変化のない生活だ。なにか面白いことは起らないだろうか。一回でもいい。そうなれば、それを時どき思い出すことによって、このような時間を退屈することなく過せるというものだ。このところ、彼はそればかりを考えつづけていた。名案が浮かびそうになる時もあるのだが、どうもいい形にまとまってくれない。

グウはちょっといらいらした。村の連中たちは、こんな気分になることはないのだろうな。みな、空腹、冒険、満腹のくりかえしだけで生きている。もちろん時には、満腹、空腹、冒険、死となって終ってしまう者もある。だが、いずれにせよ、こんないらいらした気分になることはないはずだ。グウは考え疲れ、少しうとうとした。

ふたたび目ざめたグウは、その目をこすって、はるか遠くを見つめた。だれかが海岸ぞいに歩いてくる。どうやら村の者ではないらしい。べつな村のやつにちがいない。なにやら背中にせおっているところをみると、品物の交換にでもやってきたのだろう。

気の毒に、せっかく重い思いをして運んできても、村には幼児と病人のほかにだれもいない。話はまとまらず、むだ足に終るだろう。よし、おれがひとつ……。

しかし、それは許されない。みなの留守中に勝手なことをやり、あとでそれがばれたら、さんざんな目にあわされてしまう。もっとも、自分の持っている品との交換ならかまわないのだが、あいにく……。

グウは残念そうな顔で殺風景な洞穴のなかを見まわしていたが、その時、頭にひらめいたものがあった。

そいつが村の近くまできた時、グウは丘の上から大声で呼びかけ、洞穴へこいと手まねきした。相手の男はやってきて、ほっとしたような表情で言った。

「村にはだれもいないのかと思ってがっかりしかけたが、あんたがいてくれて助かった」

やはり交換を目的で訪ねてきたのだった。グウは聞いてみた。

「なにを持っている。そして、なにが欲しいのだ」

「マンモスの肉がある。このごろでは、これはちょっと珍しいだろう。また、クマの毛皮もある。それから、いい石で作ったやじりもある。欲しい品はとくにない。このへんだけでとれる、なにか珍しい物はないか。それと交換しよう。どうだ」

「ないこともないが」

「なにがある……」

と、相手の男はあたりを見まわし、変な顔をした。グウの洞穴にはなにもない。しかし、グウは落ち着きはらって、ひとにぎりの品を前に出した。貝殻をけずって円形にしたものだ。いま、大急ぎで作りあげたのだった。相手はちょっと見てから言った。

「なんだ、ただの貝殻ではないか。ふちをけずって丸くしてあるが、べつにたいした物とも思えない。そんな物と、肉や毛皮とをとりかえるわけにはいかない。飾りのつもりか、まじないにでも使う品かは知らないが、そんなものはいらない」

予期した答えだった。しかし、グウはもったいぶって言った。

「まじないなどより、はるかに役に立つものだ。おれはこれだけ集めるのに、大変な苦労をした。寒さをがまんし、食うや食わずでだ。うそだと思うか」

相手はあらためて洞穴のなかを見まわし、うなずきながら言った。

「そういえばそんな様子だな。だが、どんなふうに貴重なのだ。おれにはわからぬ」

「これがあれば、なんでも手に入る。おれだけ狩に行かなくてすむのは、これを持っているからだ」

「とても信じられぬ。やはりまじないか」

相手はびくびくした。グウはそれをなだめながら言った。

「そうではない。いいか、品物を交換するのは楽なことではない。おまえのように、相手が欲しがっているかどうかわからない品を背中にして、重いのをがまんして旅をしなければならない。これはばかげていると思わないか」

「思う。だが、ほかにどんな方法がある。重さを軽くするまじないでもあるのか」

「どうもまじないの好きな男だな。そこで、これが役に立つのだ。この丸い貝殻一枚が、毛皮一枚なのだ。また、その一枚で肉ひと抱えにもなる。おれはそれらの品物が必要になれば、これを持って出かけていって、交換してくるわけだ。どんなに便利か、考えてみればわかるだろう」

しかし、相手の男は首をかしげてつぶやいた。

「そういえばそうかもしれないが、こんな話は聞いたことがない。そんなばかな交換をしたら、帰ってひどい目に会わされる」

やっぱりだめだな、とグウは思った。こんな見えすいた口車に乗るやつなどあるわけがない。おれだって他人からこんな話を聞かされたら、帰って相談してからにするだろう。しかし、だめでもともとではないか。食べ残しの貝殻をけずった労力だけの損だ。やれるだけやってみよう。グウは頭をしぼり、殺し文句を口にした。

「おまえはまだ、なにも知らないようだな。よほど山奥にでも住んでいるのだろう。よそでは、どこでもこの方法でうまくやっているのだぞ、そんな相手に話しても意味ない。やめた。このありがたみを知らないのでは、話にならん」

そして、貝殻を集めて、大事そうにしまうふりをした。

それを見て、相手の男は少しそわそわした。どうやら、本当に貴重なものらしい。しかも、これが交換に使えるとなると、便利なことはたしかだ。この貝殻を手に入れたほうが利口かもしれない。第一、また獲物をしょって帰るのも、かなわん。帰ってからなにか言われたら、こう言ってやればいいだろう。なんだ、みなはまだ知らないのか、よそではどこでも通用しているのだぞ、と。

相手は決心した。品物をすべてグウに押しつけ、貝殻を手にし、大喜びで帰っていった。それから数日。グウは楽しかった。もっとも、だまされたと気がついて、怒って戻ってくるのではないかと、いくらか心配でもあった。だが、それも一種のスリルだった。いよいよとなったら、相手の村に連れていってもらって、ただ働きをすれば許してくれるだろう。しかし、いくら待っても相手はやってこなかった。グウを頭のおかしい人間とでも考え、文句を言ってもはじまらないとあきらめたのかもしれない。

グウはそう判断した。

グウの毎日は、あい変らずの単調な生活ではあったが、精神的には退屈しなかった。自分のちょっとした思いつきで、一人の男を煙に巻いてやったのだ。たくさんの品物を置いて、つまらない貝殻をありがたく持ち帰って行くとは。ひまな時にそれを思い出すと、いつまでも彼の顔から、にやにや笑いが消えないのだった。

だが、グウもこうと知ったら、とても笑うどころではなかったろう。単なるちょっとした思いつき程度でもなく、また、被害者は一人にとどまらなかったのだ。それから後、長い長い年月にわたって、いまに至るまで、グウが考え出した貨幣というものが猛威を振いつづけている。それをめぐってどんなに多くの人類が頭を悩ませ、泣きわめき、時には他人を殺し、自らの命を絶ち、奴隷《どれい》状態になり、悪をばらまき、内乱、戦争という限りない被害をこうむったことか……。

妄想銀行

エフ博士が長いあいだの念願であった研究を完成し、妄想銀行を経営するに至ってから、すでに数年がたった。

妄想銀行とは、妄想によって成立っている銀行である。といっても、銀行そのものが妄想なのではない。取扱う品目が妄想だという意味なのだ。

現代とはどんな時代なのであろうか。この点について、ある高名な学者はこんな定義を下している。「社会という畑に、人間という種子をまき、商業主義とマスコミという混合肥料をほどこし、妄想という果実をみのらせる」と。

昨今では肥料の濃度が一段と高まり、作用が強烈になり、そのうえ、やりすぎの傾向がある。果実は大きくなり、重みはます一方だ。それにたえかね、茎の折れるのが続出し、見るにしのびない光景である。

豊作にはちがいないが、こう熱心に果実をみのらせてみても、べつに用途があるわけではない。なんのために、われわれ人間はこんな無意味な行為をやっているのだろう。といった、哲学的な思索にふけりたがる人も多いことだろう。そのような連中は、そのたぐいの思索こそ高級なのだとの妄想にとらわれているのだ。

だいたい、考えたって結論の出てくるものではない。海王星はなんのために存在するのか、との問題と同じことだ。冥王星《めいおうせい》が第九惑星であるためには、海王星が存在せねばならぬのである。

エフ博士はこのような状態を黙視し得ず、その解決法ととりくんだのだ。はるかに現実的で、またヒューマニスティックだというべきであろう。

都心に近く、ある国電の駅のそばにある高層ビル。その三階に妄想銀行が存在する。

三つの部屋から成っていた。第一は三名の人員のいる事務室で、待合室も兼ねている。第二はエフ博士の部屋。もうひとつは、妄想を保管する金庫室である。

時代に即応した事業だから、もっと大きいのかと思っていた。意義のある仕事なのだから、もっと広げればいい。訪れてみて、こういった感想を抱く人もある。しかし、いろいろな理由から、エフ博士は宣伝を手控え、地味に運営し、この程度で満足している。

時たま、テレビや週刊誌の関係者が目をつけ、取材にやってくるが、みな受付で断わられることになっている。こんな場合、十人が十人とも、客をよそおって出なおし、内部へ乗りこもうとくわだてる。

そして、それには成功するのだが、ニュースとして伝えられることはない。報道こそ現代の錦《にしき》の御旗《みはた》であり、わが崇高な使命なのだという妄想が、出てくる時には取り去られてしまっているからだ。

かくして妄想銀行は、好奇心やブームにふみ荒されることなく、静かに平穏に、また効果的に着実に、その業務を遂行しつづけている。

エフ博士は毎日、九時半に出勤し自室に入る。来客の応対は十時からなのだが、その前に書類などに目を通し、装置の点検もやっておかねばならない。また、ひそかに利益の集計をやってみるのも、気持ちがいいというものだ。

パイプをくゆらせながらブラック・コーヒーを飲み、ちょっとくつろぐと十時となる。ノックの音がし、事務員が入ってきて告げる。

「先生、お客さまたちがお待ちですが、よろしいでしょうか」

「ああ、順番にひとりずつお通ししてくれ」

事務員と入れかわりに、一人の男が入ってきた。四十歳ぐらいの、色の白い人物だ。エフ博士は聞く。

「どなたさまでしょうか」

「みどもは由井正雪《ゆいしょうせつ》。本物の由井正雪でござる」

なかなか貫録《かんろく》のある口調と動作だった。博士は迎え入れた。

「わかりました。どうぞ、その寝椅子《ねいす》の上に横におなり下さい」

〈本物の〉という形容詞がついたところから、すぐにそれが妄想だと判断できた。かつて幕府に対し反乱をたくらんだ由井正雪が、なにかの原因で現代に復活したとしても、本人であれば〈本物の〉という言葉は使うまい。

いったい、おれは正雪だとの妄想が、なぜこの男の心に発生したのだろう。泰平すぎる世の鬱積《うっせき》した不満。この点が当時と共通し、この男を正雪マニアにしあげたのかもしれない。

しかし、エフ博士にとって、原因追究など、どうでもいいことだ。博士は実際家なのだから。そんなひまがあったら、一人でも多くお客さまを処理したほうがいい。実行力のない者ほど「よく調査したうえで」という文句を使いたがるものだ。

処理は十分間ほどで終る。やわらかく大型の寝椅子から男が起きあがった時には、その妄想は取り除かれてしまっている。博士は顔をのぞきこみながら聞いた。

「いかがです、ご気分は。由井正雪どの」

「気分はいい。すがすがしい。しかし、ばかにしないで下さい。なんです。ひとにむかって由井正雪とは。こんな変なところへ、二度と来るものか」

男は怒った口調で言い、足音も荒く部屋から出ていった。だが、博士はあとを追おうともしなかった。手数料はさきに取ってある。だから損失はないのだ。

いままで男が横たわっていた寝椅子。横たわって頭の当る個所の内部に、ひとつの装置がかくされてある。それが妄想を吸着してしまうのだ。

男が帰ったあと、エフ博士は身をかがめ、椅子の裏に手を入れた。小さなカプセルが取り出された。このなかに由井正雪の妄想が封じこめられている。博士はそれをガラスの容器におさめ、ラベルをはり、金庫室におさめた。

この装置こそ、エフ博士の苦心の結晶である。不在中は金庫室にしまうことにしているので、構造の秘密は現在も保たれている。もちろん、すべてを公表したほうがいいにきまってはいるが、そこがそれ、せちがらい世の中のことだ。だれでもご存知の通り、あっというまに同業者が乱立し、ダンピングがはじまり、正当な報酬というものが得られなくなる。いくらかアンフェアでなければ、正当な報酬は得られないのだ。博士が助手を使わず、ひとりで小規模にやっているのは、賢明なことといえよう。

それからエフ博士は、机の上の電話機を取り、ある番号にかけた。

「もしもし、劇団の事務所ですか」

「はい、さようでございます。で、そちらさまは」

「こちらは妄想銀行。前からお申込みいただいていた品、やっと手に入りました。それをお知らせいたします」

「ああ、先生ですか。とうとう、由井正雪が手に入りましたか。それはありがたい。開演の日が迫ったというのに、このごろの俳優ときたら稽古《けいこ》を怠け、弱りきっていたところでした。さっそく、いただきに参上いたします」

うれしそうな声だった。さっきのカプセルを服用すれば、たちまち正雪になりきれるのである。劇団からは、すぐに金を持って受取りに来るにちがいない。本来ならば、さっきの男にも利益配当を渡すべきなのだ。しかし、怒って帰ってしまったのだから、権利放棄とみとめても、さしつかえないだろう。

「さあ、おつぎのかた」

エフ博士がインターホンに言い隣室に連絡すると、ドアから初老の男が入ってきた。観察したところ、表情や挙動に異様なところは少しもない。どんな妄想を持てあましているのだろう。博士は聞いた。

「どんな妄想にお悩みなのでしょう」

「いえ、わたしには妄想はございません。悩みはございますが……」

「では、なんのためにおいでになったのですか」

「じつは、うちの子供のことでご相談にうかがったわけです。先生になんとかしていただきたいと思いまして」

「こと妄想に関することであり、ご本人をお連れ下されば、すべて解決してさしあげます。で、どんなことなのでしょう」

「このままでは、幸福な結婚に恵まれないのではと、心配でなりません。自分はしとやかで、情愛のこまやかな女だと思いこんでいるようなのです」

「なにをおっしゃるのです。それは妄想ではありません。妄想だとしても、貴重な妄想です。当節はドライで粗暴で理屈好きの女性がふえ、流行のように見えますが、なにも、それに右へならえをする必要はありません。そんなほうが不幸な結婚になることは、統計も示しております」

博士は思いとどまらせようとしたが、お客は気が進まないようだった。

「そうでしょうか……」

「そうですとも。その種の妄想は申込者が多いので、特に高価に引き取らせていただきますが、わたしの個人的な意見としては、あまりおすすめしたくありません」

「しかし、やはり手放したいと思います」

「すべてはお客さま本位でございます。ご意志を尊重いたしましょう。しかし、なぜそんなもったいないことをなさるのです」

「じつは、男の子なので……」

男の子といえば、金庫室にある最も多い妄想は、男子の学生から預かっているものである。裸の女性が鮮明にあらわれる種類で、どれもこれも同じようなのばかりだ。しかし、預け主たちは、みな優秀な成績で進学し、卒業する。妄想にわずらわされることなく、全生活を有効に活用し、勉学に集中できるからだ。

そして、一流の官庁や会社に就職し、受け出しに来る。したがって、保管料を取り損うことは、めったにない。また、万一ふみ倒されたとしても、利用の道が準備されている。金持ちの老人に高く売れるから、心配はないのだ。テレビなどよりはるかに面白いと、大歓迎される。

「どうぞ、おつぎのかた」

それに応じて入ってきたのは、きまじめそうなインテリ風の女性だった。三十歳ぐらいで、指輪をしていない点から、独身と思われた。エフ博士は内心ひそかに喜んだ。このようなお客こそ、妄想の宝庫である。どんな特殊な、すばらしい妄想が得られるだろうか。博士は期待にあふれながら、さりげなく話しかけた。

「さあ、ごえんりょなく、お悩みを打ちあけて下さい」

とたんに、女は眉《まゆ》をつりあげた。

「失礼ね。あたしに悩みなどないわ。ここへうかがったのは、買いに来たのよ」

「やれやれ、また勘ちがいでしたか。で、どんな妄想をお望みでしょう。少しお高くなりますが、しとやかで情愛のこまやかなものなど、いかがでしょうか」

「そんなのはいらないわ。あたしの欲しいのは、こんな種類。自分ではやりもしないのに、罪をおかしたと悩む妄想よ。ないかしら」

「あります、あります。そのたぐいでしたら、お安くいたしておきます。預りる人はけっこうあるのに、利用者はめったにありません。しかし、なんでそんなのがご入用なのですか。お見うけしたところ……」

エフ博士は、ふしぎそうに彼女を眺めた。女はその視線を払いのけるように言った。

「失礼ね。あたしは弁護士。依頼人である被告に使おうと思うの。罪をおかしたのにけろりとしていて、このままでは判事の心証を悪くし、刑の判決が重くなるにきまっているわ。改悛《かいしゅん》の情を示すために、どうしても必要なのよ。だから、うんと重いのをちょうだい」

「いいですとも、とびきりのをさしあげましょう」

博士はうなずきながら、金庫室に入った。なるほど、こんな利用法もあったわけだな。そのうち、この関係筋に働きかけ、販路の拡大に努力することにしよう。

棚をさがし、博士は最も高度の妄想のはいったカプセルを取り出してきて、婦人弁護士に渡した。なにもしないのに重い罪悪感にさいなまれ、自殺すれすれまでいった人のだ。さぞ、法廷で効果をあげることだろう。ききめがありすぎて、本当に死をはからないとも限らない。しかし、悪人に同情は無用だ。罪もない善人が自殺するより、はるかにいい。

この日は来客がひきもきらず、エフ博士は昼食の時間を短縮して応接した。あすが休日であるせいかもしれない。

露出狂の女から妄想を取り、映画会社にまわした。裸はいや、という主義の大女優に与えるのだそうだ。話題の巨編というのができることだろう。

自分を馬だと思いこんでいる男もきた。競馬に熱中し、なんとか馬と会話をしたいと精神をこらしたあげく、そうなってしまったらしい。キツネだとか、ヘビだとか、はては宇宙怪物だとかの妄想もあるが、この種の利用者はほとんどない。

いつも妻に監視されているような気がしてたまらない、という妄想の持ち主もあり、それは、妻が自分のことに関心を払ってくれないとの不満の主にまわした。

老人の客もあった。大金をためたが、残すべき身よりもない。思いきり散財したいのだが、長いあいだに身にしみこんでしまった、けち根性のため、どうにもならないと訴えてきた。気の毒な人だ。しかし、これは簡単。浪費癖の人のと交換するだけでいい。

酒に酔っているのでもないのに、

「おれは天才だ」

と主張する者もあった。この妄想は、自信を失って仕事が手につかないでいる真の天才に、無料で進呈した。もっとも、その天才の専門を調べ、妄想銀行用の装置を独自に作りそうにないと、たしかめたうえでだ。エフ博士も、それほどのお人よしではない。

五人ほどの友人に押えられ、目の血走った青年が運びこまれてきた。

「殺してやる。殺してやる」

と叫んでいる。

「だれを殺したいのです」

と聞いても、要領をえない。だれでもいいから、人を殺したくてたまらないのだそうだ。こんなのが街をうろついていたら、危険きわまりない。エフ博士はさっそく、無料でそれを取り除いてやった。

社会奉仕の意味から無料にしたのではない。これは高価に売れるのだ。もちろん、国内においてではない。内戦やクーデターにあけくれる外国から、ぜひという注文が殺到している。

外国で発揮されるのだから、問題もない。それに、本当に戦わざるをえない立場にある者なら、いやいや人を殺すより、楽しんで殺すほうが本人のためにもなる。昇進し、胸が勲章でうずまることだろう。最後には英雄とあがめられ、元首にならないとも限らない。けっこうなことではないか。

四時になり、応接の時間が終った。

「やれやれ、忙しい日だった」

エフ博士がこうつぶやき、パイプに火をつけかけた時、事務員のとめるのもきかず、一人の女性が入ってきた。

「ねえ、先生……」

と、なまめかしい声をあげて近よってくる。彼女を見て、博士は顔をしかめた。といって、女が債権者だからでも、腕ききの産業スパイだからでもない。

博士に対して、激しく思いを寄せている女なのだ。それは流行歌手に対するファン・グループのそれを総計したほど熱狂的だった。博士がいかに逃げまわっても追ってくる。ついに、この部屋までやってきたというわけだ。すごい美人というのなら事情はべつだが、一分間と正視していられない顔つきなのだから始末が悪い。

エフ博士は覚悟をきめ、カーテンを引きながら、そばの寝椅子を指さした。

「よくいらっしゃいました。まあ、その椅子に並んで横になりましょう」

女はにっこりと笑い、エロチックな身ぶりで横たわった。挑発的である。博士を甘いわなに引きこもうとの作戦らしい。

しかし、うまくわなにかかったのは、女のほうだった。博士に対する異常な愛情は、カプセルのなかにおさまり、女はキツネが落ちたように帰っていった。

「最後に、とんだ飛入りがあった。さて、明日の休みは、どうしたものだろう」

博士は考え、郊外へ出かけることにした。仕事をはなれて、すがすがしい高原で一日をすごすのもいいものだ。

だが、それだけが目的ではなかった。エフ博士のほうで、ひそかに思いを寄せている女性がある。いうまでもなく、すばらしい美人で、カプセルを与えなくとも、しとやかで情愛がある。ただひとつの欠点は、博士に対して関心が薄いことだ。つまり、うまく進展しないのだ。そこで、近くまで来たことを口実に、彼女のいる別荘を訪れてみようと思ったのだ。

こんどは、うまくゆくだろう。いま手に入った、貴重なカプセルがある。これを、なんとかして飲ませればいいのだ。

休日あけの日。エフ博士は例のごとく出勤した。昨日を思い出し、楽しそうな表情だった。さりげなく飲ませることに成功したのだ。あとは効果があらわれるのを待つばかり。体内に吸収されてから、ほぼ十二時間でそれがあらわれる。

電話のベルが鳴った。

前日に訪れた、彼女の別荘からだった。胸をときめかせている博士の耳に、召使いがあわてた口調で報告した。

「先生、すぐ、こちらへおいでいただけませんでしょうか。なんだかわかりませんが、お嬢さまがひんひん叫んで、飛びまわりはじめました。なんとかして下さい……」

エフ博士は首をかしげた。どういうことだろう。そして、やっと思い当った。いっしょに持っていった馬のカプセルを、まちがえて彼女に飲ませてしまったらしい。自分を馬だと思っている妄想など、保存しておいても利用者はない。へたに捨てて、だれかが飲んだりしては困る。そこで、郊外へ出たついでに、馬に与えるつもりだったのだ。

「とにかく、早くここへお連れして下さい。装置が必要なのです」

こう言って、博士は電話を切った。

その時、となりの事務室がさわがしくなった。悲鳴も聞こえる。そして、エフ博士の部屋へのドアに、ノックの音がした。

親しげな感じがこもっているが、大きな音だった。人間がたたいたのなら、あんな音はでない。ヒヅメでもたたいたら、あんな響きになるかもしれない。

解説

都《つ》筑《づき》道《みち》夫《お》

星さんはこれまでに、八百編以上のショート・ショートを書いています。休みなしに毎月、五編ずつ書いたとしても、年に六十編にしかならないのです。

ショート・ショートは長くても、四百字詰原稿用紙で二十枚ですから、四十枚、五十枚の短編小説のように、風景描写や日常会話で、気をぬくことが出来ません。もっとも、短編小説には構成上、読者が息を休める場面が必要なのですが、それはとにかく、ショート・ショートは一気に結末へ、話を持っていかなければいけない。そういう作業を、月に四回も五回もやるというのは、大変なことであります。

八百編以上もショート・ショートを書いた作家は、どこの国にもいないはずで、星さんは世界一の記録保持者です。私のショート・ショートは四百編ぐらいで、星さんとはだいぶ差がありますが、それでも世界第二位でしょう。

もっとも、新聞連載の四齣《こま》漫画には、絵のショート・ショートといえるものがありますから、そういう作風の漫画家、たとえば長谷川町子さんなぞは年に三百六十余編、「サザエさん」はもう三千編を越えているにちがいない。それにくらべれば、八百編ぐらい、どうということもないだろう、と星さんはいいます。たしかに「サザエさん」は、たいへんな仕事であって、脱帽するにやぶさかではありませんが、やはり漫画とショート・ショートとは違うでしょう。

ただし、ひと口にショート・ショートといっても、ひとによって、作風はいろいろあります。まだ「宝石」が推理小説の専門雑誌で、岩谷書店という出版社から出ていたころ、ショート・ショートの特集をやったときに、星さんを大業《おおわざ》の作家、私を小業の作家といったのは、たしか詩人の谷川俊太郎さんでした。わずかな枚数のなかでも、小さな手をいくつもつかって、ストーリイをひねって行くのが、そういわれれば私は好きですから、この評言は、私たちの作風のちがいを、的確にいいあらわしていたわけです。

本の解説は批評ではありませんから、作者および作品の悪口は書かないものです。作者自身が解説を書くこともありますが、その場合も自作の悪口をいったりは、まずしないものです。私の知っている唯一《ゆいいつ》の例外は、小説ではなく、哲学書でした。敗戦後まもなく、哲学者、出隆《いでたかし》の戦争前の旧著が、ある叢書《そうしょ》で復刊されたときのことです。当時、出氏は共産党に入党したばかりで、その旧著の再刊は気がすすまなかったらしい。けれど、断われない事情があったのでしょう。この本は、自分の若いころの著作で、根本的に間違っている。現代の読者はこんな本は踏みこえて、早く前進してもらいたい。そういった意味の否定の解説を、自分で書いたのでした。担当編集者は、困ったでしょうね。

そういう迷惑をかけるのは、じゅうぶんに承知の上で、私はここに、他人が書いた解説における例外を、つくってみたいと思います。

この解説をひきうけたとき、実をいうと、私は『妄想銀行』一冊を通読してはおりませんでした。飛びとびに読んだ作品も、わすれていました。そこで、「星新一の作品集」第七巻をひっぱり出して、読みはじめたのです。第七巻には『エヌ氏の遊園地』と『妄想銀行』の二冊分の作品ぜんぶが、一冊におさめられています。私がまず通読したのが、本の後半をしめている『妄想銀行』の三十二編であることは、いうまでもないでしょう。

退屈せずにすらすらと読みおわって、はて、これは小説なのだろうか、と私は思いました。どの作品からも、具体性が感じられなかったからです。それはもちろん、ストーリイは明快に、物語られています。なかには有名な小咄《こばなし》を思わせる作品もありましたが、焼直しではなく、下敷といえるだけの独得なひねりが加えられていて、ですから、ストーリイはちゃんと具体的なわけです。

けれども、それを構成する人物や背景のイメージが、具体的に迫っては来ないのです。現代では、明治大正の小説のように、人物が登場したとたん、頭から足のさきまで描写するようなことは流行《はや》りませんけど、話しぶりなんぞから、具体性を出そうとはするものです。

話しぶりを例にあげましたが、これがまた日常会話ではなく、星国語とでもいいたいような一種のパターンがある。小説とは描写なり、という言葉があります。そうとばかりはいえないとも思いますが、こう描写が欠けていると、やはり首をひねりたくなってくる。一行一行の文章そのもののおもしろさが、ないわけですから。

そんなことを考えながら、『妄想銀行』を読みおわった私は、ことのついでに、といっては作者に失礼ですが、第一ページに戻って、『エヌ氏の遊園地』のほうも、読んでみました。これも、すらすらと読みすすんで、私は愕然《がくぜん》としたのです。

いつの間にか、『妄想銀行』の中とびらをすっとばして、最初の一編『保証』を読んでいたからです。気づいたときには、もう結末ちかくになっていました。読んでから、まだ半日ぐらいしか、たっていないのです。

甘みを押えたマシュマロみたいに、口あたりよく、どんどん胃袋へおさまって、たちまち消化してしまう。いくらショート・ショートでも、これでは軽すぎるのではないでしょうか。

さて、賢明なる読者のみなさんは、もうお気づきのことと思います。いま私があげた不満は、考えかたの角度を変えてみると、みなこれ、星さんのユニークな点になるのであります。おのれの資質を見さだめきった作者が、計算の上でやっていることなのです。

ショート・ショートは、短いという第一条件があるために、ストーリイの骨格が、どうしても露《あら》わになります。それを、なおいっそう骨太に前面に押しだして、人物や背景は、ヒントをあたえる程度に、とどめておく。それが星さんの技法であって、大業の作家といわれる所以《ゆえん》であり、ひろい層の読者を獲得している秘密なのです。

読者の参加をさそって、人物や背景は自由に具体化させる。会話もできるだけ普遍的なかたちにして、限定しない。だからこそ、小説をまだ読みなれない読者も、その自由さに安心し、アクチュアリティがぎっしり詰った現代小説に食傷ぎみの読み巧者たちも、そのナイーヴティに新鮮さをおぼえるのです。

小説はしばしば、描写の部分から、腐りはじめる。しかし、星さんの作品は、十年まえのものを読んでも、すこしも古さを感じません。上品な軽みがあればこそ、残酷なことを書いても、どぎつさが目立たず、何冊も読みつづけられるのです。

星さんは、現代と四つに取りくんでいる小説家ではなく、現在と同時に未来を見すえて、人びとに語りかけている語り部、といったほうが、いいかも知れません。小説がすべて滅びさる未来がきても、星さんのショート・ショートは、フォークロアの古典といったかたちで、残るのではないか、と思います。

たぶん遠い未来のイラストレイターは、星さんの本の口絵に、作者のすがたを、白い鬚《ひげ》の老人としてえがくでしょう。未来の衣服をきせ、知恵のシンボルを頭につけた長い杖《つえ》を、持たせるかも知れません。星さんは、めっきり白髪がふえましたが、依然として童顔です。その童顔が、長い白い鬚をはやしたさまを想像して、にやにやしながら、私はこの解説をおわろうとしています。最後にこの『妄想銀行』のなかで、私のいちばん気に入った作品が『古風な愛』、その次が『鍵《かぎ》』であることを、申しそえておきましょう。

（昭和五十三年二月、作家）

この作品集は昭和四十二年六月新潮社より刊行された。

星新一著

ボッコちゃん

ユニークな発想、スマートなユーモア、シャープな諷刺にあふれる小宇宙！　日本ＳＦのパイオニアの自選ショート・ショート50編。

星新一著

ようこそ地球さん

人類の未来に待ちぶせる悲喜劇を、卓抜な着想で描いたショート・ショート42編。現代メカニズムの清涼剤ともいうべき大人の寓話。

星新一著

気まぐれ指数

ビックリ箱作りのアイディアマン、黒田一郎の企てた奇想天外な完全犯罪とは？　傑出したギャグと警句をもりこんだ長編コメディー。

星新一著

ほら男爵現代の冒険

〝ほら男爵〟の異名を祖先にもつミュンヒハウゼン男爵の冒険。懐かしい童話の世界に、現代人の夢と願望を託した楽しい現代の寓話。

星新一著

ボンボンと悪夢

ふしぎな魔力をもった椅子……。平和な地球に出現した黄金色の物体……。宇宙に、未来に、現代に描かれるショート・ショート36編。

星新一著

悪魔のいる天国

ふとした気まぐれで人間を残酷な運命に突きおとす〝悪魔〟の存在を、卓抜なアイディアと透明な文体で描き出すショート・ショート集。

星新一著
おのぞみの結末

超現代にあっても、退屈な日々にあきたりず、次々と新しい冒険を求める人間……。その滑稽で愛すべき姿をスマートに描き出す11編。

星新一著
マイ国家

マイホームを"マイ国家"として独立宣言。狂気か？ 犯罪か？ 一見平和な現代社会にひそむ恐怖を、超現実的な視線でとらえた31編。

星新一著
妖精配給会社

ほかの星から流れ着いた〈妖精〉は従順で謙虚、ペットとしてたちまち普及した。しかし、今や……サスペンスあふれる表題作など35編。

星新一著
宇宙のあいさつ

植民地獲得に地球からやって来た宇宙船が占領した惑星は気候温暖、食糧豊富、保養地として申し分なかったが……。表題作等35編。

星新一著
午後の恐竜

現代社会に突然巨大な恐竜の群れが出現した。蜃気楼か？ 集団幻覚か？ それとも立体テレビの放映か？――表題作など11編を収録。

星新一著
白い服の男

横領、強盗、殺人、こんな犯罪は一般の警察に任せておけ。わが特殊警察の任務はただ、世界の平和を守ること。しかしそのためには？

星新一著
未来いそっぷ
時代が変れば、話も変る！　語りつがれてきた寓話も、星新一の手にかかるとこんなお話に……。楽しい笑いで別世界へ案内する33編。

星新一著
さまざまな迷路
迷路のように入り組んだ人間生活のさまざまな世界を32のチャンネルに写し出し、文明社会を痛撃する傑作ショート・ショート。

星新一著
かぼちゃの馬車
めまぐるしく移り変る現代社会の裏の裏のからくりを、寓話の世界に仮託して、鋭い風刺と溢れるユーモアで描くショートショート。

星新一著
エヌ氏の遊園地
卓抜なアイデアと奇想天外なユーモアで、夢想と現実の交錯する超現実の不思議な世界にあなたを招待する31編のショートショート。

星新一著
盗賊会社
表題作をはじめ、斬新かつ奇抜なアイデアで現代管理社会を鋭く、しかもユーモラスに風刺する36編のショートショートを収録する。

星新一著
ノックの音が
サスペンスからコメディーまで、「ノックの音」から始まる様々な事件。意外性あふれるアイデアで描くショートショート15編を収録。

妄《もう》想《そう》銀《ぎん》行《こう》

新潮文庫　ほ－4－14

昭和五十三年三月三十日　発行
平成十四年十一月二十五日　五十一刷改版
令和五年五月二十五日　七十七刷

著者　星《ほし》新《しん》一《いち》
発行者　佐藤隆信
発行所　株式会社新潮社

郵便番号　一六二－八七一一
東京都新宿区矢来町七一
電話　編集部(〇三)三二六六－五四四〇
　　　読者係(〇三)三二六六－五一一一
https://www.shinchosha.co.jp

価格はカバーに表示してあります。

乱丁・落丁本は、ご面倒ですが小社読者係宛ご送付ください。送料小社負担にてお取替えいたします。

印刷・株式会社光邦　製本・株式会社大進堂

ISBN978-4-10-109814-2 C0193